LES SOTTISES

ET

LES FOLIES

PARISIENNES.

SECONDE PARTIE.

LES SOTTISES

ET

LES FOLIES

PARISIENNES;

AVENTURES DIVERSES, &c.

Avec quelques Pièces curieuses & fort rares :
Le tout fidèlement recueilli par M. NOUGARET.

'A LONDRES,

Et se trouvent à PARIS,

Chez la Veuve DUCHESNE, Libraire, rue Saint
Jacques, au Temple du Goût.

M. DCC. LXXXI.

LES SOTTISES

ET

LES FOLIES

PARISIENNES.

SECONDE PARTIE.

Revenons aux principales efcroqueries & aux vols les plus confidérables faits à Paris. Trois filous s'avisèrent de porter au Mont-de-Piété quelques pains de cire jaune, fur chacun defquels on leur prêta cinquante francs. Peu de tems après, ils en envoyèrent une charrette toute chargée, & reçurent une fomme confidérable. Ils revinrent pour la troifième fois ; mais un Huiffier-Prifeur, plus fin ou plus défiant que fes confrères, ayant voulu caffer un

II. Part.   A

de ces pains, ne put y réuffir, & s'apperçut enfin, que c'était du bois revétu
de cire.

❧❧❧

UNE jeune domeftique, âgée de feize à
dix-fept ans, preffée par une vieille femme
à qui elle devait quelque argent, pour
en avoir été logée & nourrie lorfqu'elle
fe trouvait fans condition, eut la faibleffe
de dérober à la maitreffe chez qui elle
fervait, un mauvais déshabillé, qu'elle
alla vendre, & dont elle retira cent fous.
Les perfonnes chez qui elle était s'apperçurent du vol dès le même jour, & la
Bourgeoife, qui vit qu'elle avait un cafa-
quin de moins, courut auffi-tôt la dénoncer, fans avoir égard à l'âge de fa
fervante, & aux circonftances qui avaient
pu la porter à fe rendre coupable. Quelques perfonnes charitables, à qui la jeune
fille avoua fa faute, fe hâtèrent de racheter
l'effet volé, & le rendirent à celle à qui
il appartenait. Mais il n'était plus tems;
la pauvre malheureufe fut arrêtée &
conduite en prifon, & bientôt après con-
damnée à être pendue. La potence était
dreffée, le bourreau s'était déja faifi de
fa proie, le peuple affemblé attendait

que la victime parut, lorfqu'en defcendant
l'efcalier du Châtelet, un homme bien-
faifant parvint à lui dire deux mots à l'o-
reille. Elle s'arréta fur le champ, demanda
à parler au Lieutenant Criminel, &
déclara qu'elle était groffe des œuvres
de fon maître. A ces mots, tout fut fufpendu ; on la ramena en prifon pour avoir
l'avis des Médecins & des Sage-Femmes.
Tout intéreffait en faveur de cette infortunée ; on préfume que des perfonnes
du premier rang ont obtenu fa grace,
de l'humanité de notre jeune Monarque.
Le menfonge lui femblait la chofe la plus
odieufe ; l'approche d'une mort effrayante
put feule la contraindre à changer de façon
de penfer. Elle avait tant de candeur,
que quelqu'un lui ayant reproché d'avoir
tout avoué lors de fes différens interro-
gatoires : — « Oh ! Monfieur, reprit-elle,
» il n'eft pas permis de mentir à la Juftice ;
» j'aime mieux mourir que d'être dam-
» née ».

VOICI une hiftoire beaucoup plus
touchante que celle qu'on vient de lire.
Catherine, jeune payfanne, quitta fon
village pour venir être fervante dans la

A 2

capitale de la France. Quoiqu'entourée de périls que l'on connaît peu dans les Hameaux, elle fut conserver l'innocence & la candeur des habitans de la campagne; elle était belle; sa simplicité & sa vertu lui donnaient de nouveaux agrémens. Le maître de Catherine, non-seulement la trouva jolie, mais en devint éperdûment amoureux. La sagesse de sa servante l'étonna; ses desirs s'en irritèrent, & il mit en vain en usage tous les artifices de la séduction, propos flatteurs, sermens d'aimer toujours, promesses d'une grande fortune. L'estimable créature n'en concevait pas plus d'orgueil, elle pensait qu'il n'y avait rien de si naturel que de regarder l'honneur comme un trésor audessus de toute chose. L'homme vil, qui était indigne d'éprouver les délices de l'Amour, voyant ses soins, ses efforts inutiles, résolut de perdre l'objet de sa criminelle tendresse, & forma le projet le plus noir & le plus abominable. Il congédie sa malheureuse servante ; & lorsqu'elle fesait emporter une petite cassette qui renfermait ses hardes, il crie qu'il est volé. On arrête aussi-tôt l'infortunée, on visite ses effets, & l'on y trouve deux couverts d'argent que le monſtre y avait furtivement gliſſé. La déplorable Catherine eſt plongée dans un cachot, & réputée coupable de vol; vainement elle pleure, elle gémit, elle proteſte qu'elle eſt innocente, qu'elle n'a jamais rien dérobé; la loi s'eſt élevée contre elle; les Juges, malgré la pitié qui les follicite en ſa faveur, ſont contraints de prononcer.... la vertu même ſubit la punition du crime. Un Chirurgien, fameux Anatomiſte, retire, à prix d'argent, le cadavre des mains de l'Exécuteur; il ſe hâte de le faire tranſporter chez lui, où ſon frère ſe trouve par haſard: c'était un Religieux reſpectable, dont les cheveux blancs & la phiſionomie auſtère inſpiraient une ſorte de vénération. Le pieux Cénobite, à la vue du cadavre, eſt ému de compaſſion : — « Avoir été » ſi jeune dans le vice, dit-il, & avoir » mérité une mort prématurée & igno- » minieuſe »! — Cependant le Chirurgien croit s'être apperçu que l'infortunée reſpire encore; il lui prodigue tous les ſecours de ſon art; elle reprend l'uſage de ſes ſens, elle ouvre les yeux, les tourne ſur le Religieux; & frappée de ſon air impoſant & vénérable, elle s'imagine être en préſence de Dieu même; elle ſe

lève, va tomber à ses pieds , les embrasse
avec transport, & s'écrie: — « Ah !
» Père Eternel, vous sauvez mon inno-
» cence » ! — Ce cri est pour le Religieux & pour son frère celui de la
vérité; ils prennent le plus tendre intérêt
à cette malheureuse victime des passions
des hommes; ils la comblent de présens,
& la font passer secrètement dans une
campagne éloignée. Mais elle fut long-
tems à recouvrer parfaitement l'usage
de la raison; le supplice infâme qu'elle
avait subi dérangea ses organes; pendant plusieurs mois on la trouvait nuit
& jour à genoux , les mains jointes,
versant des larmes, & répétant sans cesse
ce qu'elle avait dit à ses Juges: — « Mes-
» seigneurs, Messeigneurs, je vous assure
» que je ne suis point une voleuse ».

ON s'appercevait depuis quelque tems,
avec la dernière surprise , qu'il disparaissait
presque chaque jour un couvert d'argent
chez une personne de grande qualité.
Etonnée d'un vol si souvent répété, &
desirant d'en connaître l'auteur, la personne si souvent volée fit observer tout
son monde, ainsi que les gens des amis

qui mangeaient ordinairement chez elle ;
mais on ne put rien découvrir , & le
maître-d'hôtel lui dit qu'il répondait de
la probité de tous les domestiques de la
maison. Enfin , ne sachant plus quel
moyen employer , M. de *** eut recours
à M. le Lieutenant de Police , qui lui
promit qu'un Exempt ou Inspecteur ,
fameux pour avoir fait les captures les
plus difficiles , trouverait l'adroit filou ,
si la chose était possible. L'Exempt de
Police , après avoir réfléchi de quelle
manière il s'y prendrait , dit à M. de *** ,
qu'il fallait qu'il lui permît de venir manger à sa table , vêtu en homme de la
première distinction , & qu'il se fît servir
par deux laquais à grande livrée , mais
qui ne seraient tout simplement que des
mouches ou espions. L'Exempt eut le
bonheur de réussir dès le premier jour
qu'il s'occupa de cet objet ; il vit l'un des
convives glisser furtivement une cuiller
& une fourchette dans sa poche. Les
observations de ses deux accolites s'étant
rencontrées avec les siennes , il offrit au
filou une prise de tabac en sortant de
table , ainsi qu'il en était convenu avec
M. de *** , afin de le lui faire connaître.
L'homme de qualité les fit aussi-tôt passer

l'un & l'autre dans fon cabinet, & confeilla au voleur de couverts de fe fouiller
lui-même, & de reftiftuer ce qu'il venait
de prendre. Qu'on fe repréfente la con-
fufion & la honte de cet homme, qui
jouait un rôle brillant dans le monde, &
dont la fortune confiftait au moins en
trente-mille livres de rente. On trouva
chez lui, dans un endroit écarté de fon
appartement, trois ou quatre douzaines
de couverts d'argent, qu'il avait dérobés
chez fes amis. Afin d'éviter l'éclat, par
égard pour fa famille, on le renferma
comme fou dans une maifon de force.
On prétend que lorfqu'il fe vit pris fur
le fait, il chercha, par une plaifanterie,
à repouffer là honte dont il était couvert.
« Je ne fuis point coupable de vol,
» s'écria-t-il, puifque Monfieur m'a fou-
» vent répété, qu'il y avait chaque jour
» chez lui un couvert pour moi ».

CETTE anecdote me rappelle qu'un
homme très-riche avait auffi tellement
l'habitude de voler, qu'il ne pouvait s'empêcher de prendre tout ce qui lui tom-
bait fous la main. Son valet-de-chambre,

qui le fuivait toujours , avait foin de rapporter les effets volés.

✦✦✦

UNE autre perfonne, d'un état diftingué , fe fentant les plus funeftes penchans, avait, dans une armoire , la repréfentation en petit, des roues, gibets , & autres fupplices qui fervent à la punition des criminels : il allait tous les jours confidérer ces triftes objets , afin que leur vue étouffât en lui fes malheureufes difpofitions naturelles, en lui montrant toute l'horreur d'une mort ignominieufe.

✦✦✦

UN fils de famille était affez perverti, pour aller fouvent la nuit attendre les paffans au coin d'une rue, & leur voler leur montre ou leur bourfe. Ce miférable s'étant emparé de la forte d'une très-belle montre à répétition, fe hâta de fe rendre chez lui, fans faire attention qu'il était fuivi de loin par la perfonne à laquelle il venait d'enlever un bijou précieux. Cette perfonne alla le lendemain, de grand matin, trouver le père du jeune homme, & lui avoua ce qui s'était paffé

A 5

la nuit précédente. Quel coup de poignard
pour un tendre père, aussi rempli de
probité que d'amour pour ses enfans!
« Ah! Monsieur, s'écria ce respectable
» vieillard, vous venez de me donner le
» coup de la mort. Cachez, je vous en
» conjure, le crime du malheureux qui
» me déshonore. Vous allez ravoir votre
» montre; & vous verrez que la justice
» parternelle est aussi sévère que celle
» qui tient le glaive des loix ». —— A ces
mots il passe dans la chambre de son fils,
& apperçoit la montre volée. Il lui demande d'où il tient ce bijou; & comme
il hésite à répondre, troublé par la vue
de la personne qui accompagne son père :
« Malheureux! reprend le vieillard, le
» ciel a permis que je sois instruit de
» ton infâme conduite; il vaut mieux
» que tu périsses de ma main, que de
» celle du bourreau » : —— & il lui brûle
la cervelle d'un coup de pistolet.

ON assure qu'un de ces êtres amphi-
bies qui n'ont de Prêtre que l'habit qu'ils
portent, se consolait du célibat avec une
jeune & jolie Gouvernante, dont une
grossesse indiscrète vint troubler les mis-

térieuses amours. M. l'Abbé, ne voulant
pas de témoin indiscret, imagina de
faire boire à l'excès un valet d'écurie de
la maison où il logeait ; & l'ayant réduit
à l'état d'ivresse le plus absolu, de con-
cert avec la Gouvernante, il le transl-
porta dans le lit de celle-ci ; & des gens
apostés déclarèrent les avoir vus couchés
ensemble ; en sorte que M. l'Abbé prétendait le contraindre à épouser sa servante. Mais le garçon d'écurie soutint
qu'il était phisiquement impossible qu'il
fût l'auteur de la grossesse, & demanda
à prouver son dire. Que M. l'Abbé fut
surpris & confus, lorsqu'on reconnût que
le père dont il avait fait choix, n'était
autre chose qu'une fille ! Les juges ayant
demandé à cet Hercule féminin, pourquoi
il avait ainsi déguisé son sexe, il répondit
que comme les domestiques femelles ga-
gnaient moins que les hommes, & qu'il
se sentait assez de force pour faire les
travaux de ces derniers, un intérêt louable
l'avait engagé à se travestir.

ON a jugé dernièrement, au Parlement de Paris, une cause assez bizarre.
Une jeune femme de Ville-Juif, village

près de la Capitale , quittée par son mari ,
fit , pendant quelques années , beaucoup
de recherches pour découvrir ce qu'il
était devenu : comptant y être parvenue ,
d'après un extrait mortuaire qui lui fut
envoyé de Hollande , elle prit le parti
de se remarier. Au bout de dix - neuf
ans , le premier mari reparut dans une
espèce d'opulence ; il réclama sa femme ,
& elle s'empressa de se rejoindre à lui.
Mais le second , abandonné si lestement ,
& qui en avait eu un garçon , âgé pour
lors de seize ans , s'adressa à la Justice ,
pour qu'au moins cet enfant né dans un
mariage contracté selon les loix, ne pût
être réputé bâtard. Conformément aux
conclusions de M. Séguier , sur ce que
la femme avait eu lieu de se croire
veuve , & que le second mariage avait
été dans la bonne-foi , l'Arrêt , en ne
maintenant que le premier , déclara que
l'enfant du second hériterait de ses père
& mère , comme les autres enfans qu'ils
pourraient avoir légitimement chacun de
leur côté.

A l'attachement conjugal de cette
femme , opposons le procédé extraordi-

naire d'un époux plus qu'infidèle. Le 21 Janvier 1777, le nommé Kinot, Laboureur à Pontefract, en Angleterre, vendit sa femme pour une demi-guinée à Robert Rider, Amidonnier ; il la traîna lui-même avec un licol qu'il lui avait attaché, jusques chez l'acheteur, qui demeurait assez loin de sa maison. Les pleurs de cette femme, les cris lamentables de ses trois enfans, ni les murmures d'une populace nombreuse, ne purent émouvoir l'indigne mari.

Au commencement de l'année 1779, le Parlement de Paris prononça un Arrêt dans une cause singulière, & que voici en substance : Deux particuliers d'un village du Bas-Poitou, avaient une tante âgée de plus de quatre-vingts ans, & qui jouissait d'une forte d'aisance. Craignant qu'elle ne vînt à décéder sans les avoir institués ses légataires universels, ses neveux imaginèrent de suivre à-peu-près la marche que Regnard a tracée dans sa Comédie du *Légataire* : ils formèrent le projet de faire dicter un testament par la femme de l'un d'eux à des Notaires, à qui ils persuaderaient que c'était leur

tante. En conféquence de leur ftratagême, ils fe rendirent chez un des Notaires
de la ville de Fontenay-le-Comte, &
le prièrent de fe tranfporter, avec un
de fes confrères, au domicile de leur
tante, pour y recevoir fon teftament.
Le Notaire refufa d'abord; mais il céda
enfin aux prières & aux inftances des
neveux, qui lui dirent qu'il était de la
plus grande importance qu'on ne l'apper-
çût point dans l'endroit que leur tante
habitait, parce que des voifins jaloux &
avides mettraient des entraves à la générofité de leur bienfaitrice. Le Notaire
était bien éloigné de foupçonner que ces
précautions étaient des piéges qu'on lui
tendait pour le mettre dans le cas de
prêter fon miniftère à un faux. Au jour
& à l'heure convenus, il partit avec un
de fes confrères, accompagné d'un des
neveux. Ce neveu les conduifit au milieu de la campagne; & après plufieurs
heures de marche pendant la nuit, ils
arrivèrent à une maifon que leur con-
ducteur leur dit être celle de la vieille
tante. Les deux Notaires, en entrant,
trouvèrent l'autre neveu, qui les pria
de ne point faire de bruit, & de paffer
dans la chambre où était la teftatrice.

Ces deux Officiers s'approchèrent du lit de la prétendue octogénaire, & lui ayant fait différentes questions, le son de la voix de cette femme leur inspira des soupçons. Pour les dissiper, ils tirèrent les rideaux, & approchèrent avec une lumière. Ils apperçurent alors une femme qui, malgré l'attention qu'elle avait de se couvrir le visage, ne paraissait pas avoir trente-six ans. On se doute bien qu'ils refusèrent de recevoir le faux testament qu'elle devait leur dicter. Indignés de cette supercherie, les Notaires sortirent sur le champ, en menaçant les neveux de dénoncer leurs manœuvres criminelles à la Justice. Le ministère public rendit bientôt plainte contre les trois coupables (les deux neveux & la nièce). Sur l'information faite à Fontenay - le - Comte, ils furent arrêtés & mis en prison, & condamnés, par la Sénéchaussée, a être flétris & aux galères, & la nièce au blâme. Mais le Parlement de Paris rendit un Arrêt qui condamna simplement les deux particuliers au blâme, & à une amende de trois livres, & mit la femme hors de Cour.

Il ferait impoffible de faire mention des aftuces ou tromperies en tout genre qui fe pratiquent dans cette vafte Capitale ; il s'en faut beaucoup que je les aye toutes rapportées dans le fingulier Roman que j'ai publié il y a quelques années (1). En voici quelques-unes dont je n'avais point parlé , & qui pourront peut-être amufer le Lecteur. Plufieurs riches Marchands favent bien faire leurs affaires avec certains jeunes gens de famille ; ils leur vendent bien cher , & fur de bonnes cautions encore , des bijoux qu'ils font racheter enfuite pour très - peu d'argent comptant.

Que de rufes employe-t-on chaque jour dans les académies de jeu ! Quand l'efcroc fe trouve aux prifes avec un novice, il a grand foin de cacher fon jeu & de laiffer gagner les premières parties. Mais c'eft aux paris que l'on y dupe fur-tout

(1) Il eft intitulé: *Aftuces de Paris*, où l'on *voit les rufes que les intrigans & certaines jolies femmes mettent communément en ufage pour tromper les gens fimples & les Étrangers* : 2 vol. Paris , Cailleau., 1778.

les gens fimples : l'efcroc, affis autour
d'un tapis verd, a des camarades qui le
regardent jouer; ils gagent pour lui, &
partagent enfemble le gain qu'ils font fur
les Spectateurs faciles ou trop avides.

LA plupart des cochers s'entendent
avec les voituriers qui leur vendent la
paille ou le foin; le prix dont ils con-
viennent n'eft que fictif, & il leur en
eft rabattu quelque chofe lorfqu'ils font
tête-à-téte avec le Marchand.

LES Maquignons font encore plus fins
pour leurs intéréts: lorqu'ils mettent en
vente un cheval boiteux, ils ne manquent pas de le faire courir auparavant,
afin de l'animer; & le piqueur qui l'effaye,
le fait galoper fi rapidement, qu'il eft
impoffible de s'appercevoir de fa marche
inégale. S'il eft lunatique, il attend la
pleine-lune pour le montrer aux ache-
teurs, parce qu'alors les yeux d'un tel
cheval font parfaitement beaux. Si c'eft
une roffe fans vigueur, il la rend frin-

gante en lui mettant du poivre fous
la queue.

⁂

BEAUCOUP de perſonnes ſe trouvèrent
incommodées pour avoir pris, dans un
Café, des glaces que l'on avait colorées
avec du cuivre.

Cette tromperie ſi condamnable m'en
rappelle une autre du même genre,
rapportée dans la *Gazette de Santé*,
d'après les *Ephémérides d'Allemagne*.
L'Ambaſſadeur d'un grand Prince à la
Haie, invita quelques perſonnes diſtin-
guées de l'un & l'autre ſexe à un repas
ſomptueux; il y fit ſervir des huitres
vertes que l'on croyait venir des côtes
d'Angleterre; mais tous ceux qui en man-
gèrent ſe trouvèrent mal ſur le champ,
vomirent avec des efforts horribles, &
eurent bien de la peine à ſe rétablir. A
force de recherches & d'informations,
on découvrit que le vendeur d'huitres
en avait teint une quantité avec du
verd-de-gris, afin de les faire paſſer
pour de véritables huitres d'Angleterre.

⁂

COMME, dans le mois de Janvier 1777,

les rues de Paris étaient fort embarraſſées
par les carroſſes, à cauſe de la neige
& de la glace, ſur-tout celle Saint-
Honoré, des filoux avaient imaginé de
ſaiſir les paſſans au travers du corps, &
de leur faire faire une pirouette lorſqu'il
venait une voiture, en criant : — « Mon-
» ſieur, prenez garde » ! — & ils vous
eſcamotaient votre mouchoir ou votre
montre ; encore les remerciait - on bien.

***

Il eſt des filoux d'une autre eſpèce :
ils feignent de ramaſſer à vos pieds de
prétendus bijoux de prix, & vous les
vendent à bon marché, ſi vous êtes aſſez
ſimple d'acheter du cuivre pour de l'or,
ou du verre coloré pour du diamant.
Un de ces hommes induſtrieux parvint
à attraper un particulier très-défiant,
& qui ſe croyait au fait de toutes les
ruſes poſſibles : il parut ramaſſer, à quatre
pas du particulier ſoupçonneux, une bague
qui avait tout l'air d'être d'une certaine
valeur ; c'était une cornaline, enveloppée
dans un petit papier, ſur lequel était
écrit une reconnaiſſance d'un Orfèvre,
qui déclarait avoir monté en or la cornaline ci jointe, & avoir reçu de M. Damis

la fomme de trente-deux livres dix fous.
A la vue de ce titre authentique, le
particulier ne fit nulle difficulté de donner
dix-huit francs de cette bague, qui fe
trouva ne valoir, tout au plus, qu'une
trentaine de fous.

Ceux qui font le plus bel ufage de leur
fortune en l'employant à l'acquifition d'excellens tableaux, & de bonnes gravures,
éprouvent auffi différentes tromperies.
Les Marchands d'Eftampes un peu adroits
favent perfuader à certains Amateurs, que
quand une eftampe moderne eft mife au
jour, ils ne tiennent rien s'ils n'ont cette
eftampe avant telle ou telle marque. Ils
donnent, par ce moyen, l'alerte aux Amateurs qui s'empreffent d'avoir de ces
épreuves recherchées, qu'on vend d'autant plus cher, qu'il fe préfente d'ac-
quéreurs. Le jour même que l'eftampe
du Gâteau des Rois parut, un colpor-
teur de gravures, très-connu par fon
habileté à former des fpéculations fur
l'ineptie de fes pratiques, avait des épreuves de trois différens prix, l'une à 16
livres, l'autre à 24 liv. & une troifième
à 36 livres. Pour perfuader à l'Amateur

qu'il ne devait point héfiter de donner ce dernier prix, il lui fefait remarquer que l'épreuve qu'il lui préfentait était avant l'adreffe de l'Auteur. Il avait taxé à 24 liv. les épreuves où fe trouvait, dans l'infcription du bas de l'eftampe, un point mal placé ; & à 16 liv. celle où l'on voyait au haut de l'eftampe, la date du jour que la planche a été commencée.

Il eft encore bon de remarquer au fujet de cette efpèce d'agiotage, que l'épreuve même avant la lettre, n'eft pas toujours une première épreuve, depuis que l'on a vu le propriétaire de plufieurs planches recherchées, couvrir lui-même l'écriture de fes planches, & en faire tirer des épreuves fans lettres. Il les gliffait enfuite dans des ventes publiques, afin de mieux furprendre les *Curiolets*, & riait le premier en recevant leur argent.

***

Voyons maintenant quelques-unes des tromperies qui fe pratiquent dans la vente des tableaux. Ceux qui en font le commerce n'enchériffent les uns fur les autres que pour la forme ; de forte que les tableaux leur font adjugés au trois quarts de leur valeur ; & le partage qu'ils font enfemble du bénéfice, s'appelle entr'eux *révifion.*

Quand un Amateur pofsède un bon tableau dans fon cabinet, ils mettent tout en ufage pour l'en dégoûter, afin de l'avoir à vil prix.

Dans les achats que fait l'Amateur, ils ne l'engagent à bien payer, qu'autant que le vendeur eft de leur connaiffance, ou qu'ils en reçoivent fecrètement une gratification.

D'autres fois ils fimulent des ventes publiques, les garniffent de mauvais tableaux, qu'ils enchériffent les uns fur les autres, jufqu'à ce que quelque prétendu Amateur donne dans le piége.

S'il leur refte une croûte dont ils n'aient pu fe défaire, ils la noirciffent, l'enfument, & la portent miftérieufement chez une perfonne qui leur eft afidée; après quoi ils vont dire à l'Amateur facile à tromper, que quelqu'un veut vendre un chef-d'œuvre, dont il ignore le mérite; qu'ils n'ont point fait cette précieufe acquifition, parce qu'ils manquent d'argent pour l'inftant; mais qu'ils font charmés de la procurer à l'homme eftimable à qui ils en parlent.

Un de ces rufés Brocanteurs s'avifa de

fe préfenter chez un Amateur, vêtu en grand deuil, en pleureufes, les cheveux épars, & lui dit, la larme à l'œil, que fon père venait de le laiffer orphelin, & qu'il avait, pour héritage, une quantité de tableaux.

Mais le meilleur tour de ces fortes de gens eft celui-ci. L'un d'eux pria un riche Tapiffier de lui garder, pendant qu'il irait à une vente, un tableau qu'il avait fous fon bras. Au bout de quelques inftans, un particulier apofté exprès, feignit de marchander des meubles, & s'informa du prix du tableau dépofé. Le Tapiffier répondit qu'il ne pouvait le vendre, attendu qu'il n'était point à lui. — « Eh bien, répliqua le quidam, fi vous » me le faites avoir pour cent louis, » je vous en promets quatre, pour vous » témoigner ma reconnaiffance ». — Le Brocanteur étant venu chercher fon tableau, le Tapiffier lui en offrit douze-cens livres: il croyait duper ; mais ce fut lui qu'on prit pour dupe. Il ne put l'avoir à moins de deux-mille livres, qu'il paya comptant ; & il attend encore celui qui devait le lui acheter.

Les coîffures bizarres qui enveloppent
& furchargent la tête des femmes, font
une efpèce de preftige par lequel on féduit
ou trompe nos yeux; en effet, un vifage
large & joufflu paraît d'une petiteffe
extrême ; & une phifionomie de peu
d'apparence femble acquérir tout-à-coup
un embonpoint que la Nature lui avait
refufé. Les Coîffeurs répandus dans cette
Capitale ont un tel amour-propre, que
l'un d'eux ayant publié un Traité ana-
logue à fa profeffion, s'y exprime de la
forte : ---- « De tous les Arts, celui de
» la coîffure devrait être un des plus efti-
» més. Ceux de la Peinture & de la
» Sculpture, ces Arts qui font vivre
» les hommes des fiècles après leur mort,
» ne peuvent lui difputer le titre de con-
» frère; ils ne peuvent difconvenir du be-
» foin qu'ils en ont pour finir leurs ou-
» vrages. Souvent il leur faut des modèles
» pour diriger leur imagination & leurs
» mains; foit qu'ils l'employent d'eux-
» mêmes, ou qu'ils le copient d'après
» l'art du Coîffeur, il eft un fait qu'ils
» ne peuvent fe paffer de cet Art: ainfi,
» ils vont donc de pair enfemble.... Il
» eft, fans contredit, le plus brillant de
» tous , puifqu'il met tous les jours
» l'Artifte

» l'Artiste à portée d'approcher tout ce
» qu'il y a de plus grand, de plus beau
» & de plus précieux au monde. En outre,
» il faut qu'à l'aspect d'une phisionomie
» il devine tout d'un coup le genre
» d'accessoire qui lui conviendra; il faut
» qu'en se soumettant à la mode générale,
» il la maîtrise cependant par des modi-
» fications particulières; il faut qu'une
» femme, en paraissant coîffée comme
» toutes les autres, le soit pourtant encore
» plus à l'air de son visage : par conséquent
» il n'y a pas de toilette où l'Artiste qui
» opère dans ce temple flatteur, ne re-
» nouvelle, à chaque instant du jour, le
» plus difficile des prodiges de la Nature,
» celui d'être toujours uniforme, & cepen-
» dant toujours varié dans ses productions «.

Un Coîffeur, établi dans le Marais,
eut le ridicule de mettre cette inscription
en lettres d'or au-dessus de sa porte : *Académie Royale de Modes & de Coîffure* (1).

----

(1) Héliogabale fit sa sœur Présidente d'un
Sénat de femmes qui décidait des ajustemens
des Dames; réglait la distinction des voitures,
dont chacune d'elles se servait selon la diffé-
rence des conditions, & prononçait sur le
cérémonial des salutations entr'elles, & autres
affaires de cette importance.

II. Part.   B

SELON toute apparence, le Jeu fera
de mode en tout tems, parce qu'il y
aura toujours des gens défœuvrés, des
gens intéreffés, des efcrocs. L'exemple
du fameux Galet devrait épouvanter tous
les Joueurs. Il gagna des fommes im-
menfes ; & le même hafard qui les lui
avait données, l'en dépouilla par la fuite.
Il avait fait bâtir à Paris un fuperbe hôtel,
rue Saint - Antoine ; mais il le joua, &
le perdit en un coup de dez. Lorfqu'il
n'eut plus rien , il allait encore jouer dans
les rues avec les Laquais, & même fur
les degrés de la maifon qui lui avait ap-
partenu.

LA paffion du Jeu était fi forte dans
Madame de C***, qu'elle regardait
comme perdu tout le tems qu'elle paffait fans avoir les cartes à la main. Elle
donnait à jouer chez elle ; & afin d'empêcher que ceux qui feraient maltraités
par la fortune n'exhalaffent leurs chagrins
par quelque imprécation un peu trop
forte, elle avait taxé chaque gros mot
à un louis. M. L***, l'un des plus af-
fidus à facrifier chez elle au dieu du
hafard , vivement affecté un foir du mal-

heur continuel qui le pourfuivait, &
voulant exprimer énergiquement fon défefpoir, prit le parti de jeter fur la table
une poignée de louis, & jura pour lors
tout à fon aife.

UNE Dévote fe confeffait du trop
grand attachement qu'elle avait pour le
Jeu ; fon confeffeur lui remontra qu'elle
devait fur - tout confidérer la perte du
tems : —— « Hélas ! dit la pénitente, en
» l'interrompant , que vous avez bien
» raifon , mon père ! on perd tant de tems
» à mêler les cartes » !

DEUX Femmes qui avaient toujours
été les meilleures amies poffibles , eurent
une querelle très-vive à propos de cinq
louis perdus au Jeu. —— « Eh bien , dit
» l'une , impatientée , ce n'eft pas la
» peine de tant difputer , je vous les
» abandonne. — Puifque vous êtes fi gé-
» néreufe , répondit l'autre , on voit bien
» que vous avez des amans qui vous en
» donnent. — Madame , répliqua la pre-
» mière , je ne fuis pas obligée de vous
» dire le procédé qu'ils ont à mon égard ;

B 2

» je vous obferverai feulement que lorf-
» que j'entrai dans le monde , il y a
» dix ans, vous donniez déja de l'argent
» aux vôtres ».

MONSIEUR du Saulx , dans un excel-
lent Ouvrage , intitulé : *de la paffion du
Jeu* , rapporte plufieurs anecdotes , entre
autres les deux qu'on va lire. Il affure
qu'il apperçut un jour dans une maifon
ce Jeu , une femme étique , qui ne parlait point ou rarement , qui reftait toujours
dans la même place , & ne fe levait pas,
même lorfqu'on avait fervi : il demanda
ce que c'était que ce fpectre féminin. ——
« C'eft , lui répondit-on , l'une des plus
» fingulières victimes de la paffion du
» Jeu. Depuis trente ans , elle perd fa
» rente viagère à mefure qu'elle la tou-
» che , & ne fubfifte qu'avec un peu de
» pain trempé dans du lait ; car elle eft
» fort honnête. Elle rougit d'être ici ,
» mais elle mourrait ailleurs. Comme elle
» eft fans crédit , la pauvre fille ne jouera
» que dans trois mois , c'eft-à-dire , à la
» première échéance de fa penfion ».

LA femme d'un joueur vint , la mort dans les yeux , chercher fon mari qui jouait depuis deux jours. — « Laiffez-
» moi, s'écria-t-il; je vous reverrai peut-
» être..... après-demain ». — Le mal-
heureux ! il arriva plutôt qu'il ne l'avait promis. Sa femme était couchée , tenant à la mamelle le dernier de fes fils : —
« Levez-vous , Madame , levez-vous ,
» lui dit-il; le lit où vous êtes ne vous
» appartient plus ».

LE défagrément que les Joueurs éprouvent d'être obligés de fe charger d'or ,
a fait imaginer des boîtes très-élégantes, dans lefquelles font des fiches embellies de divers ornemens , & timbrées dix ,
vingt, cent louis. Ces fiches font des efpèces de billets de banque payables au porteur. Une Dame , dont le mari jouait beaucoup , fit faire une de ces boîtes , & la lui envoya. Quelle fut la furprife de l'époux en l'ouvrant , lorfqu'au lieu de fiches , il y trouva le portrait de fa femme en miniature , avec celui de fes deux jeunes enfans , & ces mots au bas : *Songez à nous !*

Un homme honnête, d'un état diſtingué, fort à ſon aiſe, rempli d'eſprit,
mais d'un caractère un peu ſombre, jouait
un jour dans la maiſon d'un ami intime,
au jeu de commerce appellé *Reverſi*, à
un prix ſi modéré, qu'on ne peut attri-
buer l'événement que je vais raconter, à
aucun des tranſports de fureur & de
déſeſpoir qui s'emparent quelquefois de
l'âme d'un joueur abſolument ruiné. Ce
jeune homme ſoutint froidement pluſieurs
parties de ſuite ; & quoiqu'il perdît conſtam-
ment, on ne s'apperçut pas de la moindre
altération, ni dans ſes traits, ni dans ſes
manières. Mais le Quinola lui ayant *gorgé*
dans les mains dix-huit ou vingt fois,
& l'opiniâtreté du malheur troublant
apparemment ſa raiſon, il ſe lève un
peu bruſquement, & prie quelqu'un de
tenir ſon jeu. Etonné de ne pas le voir
rentrer, chacun formait diverſes conjec-
tures, dont la plus ſérieuſe était qu'il
avait ſans doute abandonné la ſéance &
quitté la maiſon ſans prendre congé ;
lorſqu'un coup de piſtolet, parti de trop
près pour qu'on pût s'y méprendre,
éveilla l'attention générale ; on ſonne,
on appelle, on s'informe ; on apprend
des valets que le Monſieur un peu troublé

avait demandé dans l'antichambre la clef
des aifances , avec un marteau & un
clou à crochet. On court en haut , guidé
par l'odeur de la poudre ; on arrive au
cabinet qu'on trouve fermé ; l'on juge
alors que l'infenfé a cloué la porte en
dedans. Le trouble augmente, on fait appeller un homme de Juftice ; on enfonce
la porte, & l'on voit , non fans frémir ,
l'infortuné Joueur , affis fur le fiége
d'aifance, le piftolet dans une main , le
marteau dans l'autre , & la tête penchée
fur l'eftomac. On s'empreffe autour de
lui ; il refpire , il ouvre les yeux : ——
« Mes amis, dit-il d'une voix faible, vous
» arrivez trop tard , le mal eft fait ; vous
» avez vu avec quelle conflance la fortune
» & le jeu m'ont pourfuivis toute la foirée ,
» & cet affreux Quinola .... vingt fois...
» je vous demande pardon du fcandale
» arrivé dans votre hôtel à mon fujet....
» Mais regardez »...... —— On fe retourne ; on voit que l'infenfé jeune homme ,
égaré par la paffion, avait d'abord attaché le Quinola fur le mur, en face de
lui. —— « J'ai voulu , pourfuit - il , en
» repaître mes yeux avant de frapper le
» coup mortel ; mais enfin, fon odieux
» afpect irritant ma fureur, je me fuis

» fervi fans regret de cette arme meur-
» trière ». —— Il s'arrête à ces mots &
fa tête retombe. —— « Ah ! malheureux,
» s'écrie fon ami ! —— Ne me plaignez
» point , reprit-il d'une voix animée ; je
» fuis vengé, c'eft tout ce que je vou-
» lais ; j'ai brûlé la cervelle à Quinola ».
On regarde avec plus d'attention ; l'on
s'apperçoit que le pauvre Quinola avait
la tête percée de deux balles , & le clou
à crochet enfoncé dans le milieu du cœur.
Alors le jeune homme , qui n'avait aucun
mal , fe lève ; & tous les affiftans furent
également furpris de ce nouveau genre
de folie.

Un Gafcon perdait conftamment ; une
femme, touchée de fon malheur continuel, ne put s'empêcher de le plaindre.
« Madame , lui dit-il , épargnez-vous ce
» mouvement de pitié ; ce n'eft pas moi
» qu'il faut plaindre ; ce font ceux à qui
» je dois qui perdent ».

Certain particulier jouait cent
piftoles au piquet avec un Financier.
Celui-ci courait rifque d'être capot ; il

avait deux as qui lui reſtaient, & qu'il
montrait à découvert ; il ne ſavait lequel
garder. Le particulier ruſé voyant qu'il
levait le bras pour jeter l'as dont il fallait
ſe défaire, avança adroitement un de ſes
pieds ſous la table, & preſſa un des
pieds du Financier. Comme il était en-
vironné de pluſieurs de ſes amis, le Cré-
ſus crut que c'était un d'entr'eux qui
l'avertiſſait de jeter l'autre as ; ce qu'il
fit ; & comme il ſe vit capot, il demanda
tout haut, avec dépit, quel était le preſ-
ſeur de pied. — « C'eſt moi, lui répondit
» en riant le particulier, c'eſt moi qui
» n'étais pas obligé de vous donner un
» bon avis ».

IL y a dans Paris & dans preſque toutes
les grandes villes, des gens qui n'ont
d'autre moyen de ſubſiſter que leur adreſſe
à corriger au Jeu les caprices de la fortune. Ces Joueurs trop habiles ſont appellés
Grecs, nom qu'ils ſe ſont eux-mêmes
donné, pour écarter le nom odieux de
Fripons, & parce que les anciens Grecs,
naturellement fins & ruſés, cherchaient
ſouvent à faire des dupes. Deux Grecs
de Paris envoyèrent chercher un riche

B 5

Marchand de Soierie , & lui dirent qu'ils étaient des Négocians Flamands, & qu'ils avaient befoin de belles étoffes de Lyon au moins pour dix-mille livres. Le Marchand retourna tout de fuite à fon magafin , d'où il fit apporter avec lui ce qu'il avait de plus magnifique & d'un meilleur goût. Le choix fut bientôt fait & le marché conclu ; dans cet intervale on fervit le dîner. Le Marchand, preffé de fe mettre à table , y confentit enfin. A peine eut-on deffervi, qu'il entra un troifième Grec , qui dit à celui qui avait acheté les étoffes : —— « Eh bien , vou-» lez-vous que je vous donne votre re-» vanche ? —— Volontiers , répondit l'au-tre ; qu'on apporte des cartes. Monfieur , ajouta-t-il en s'adreffant au Marchand , cet homme eft un Négociant de mon pays , qui me gagna hier deux-mille écus. Si vous étiez heureux , nous jouerions de moitié ; cela corrigerait la fortune, & , en ce cas , vous tiendriez les cartes. Le Marchand accepta la propofition , & auffi-tôt on en vint aux prifes. En moins de deux heures, ce Marchand perdit dix-mille francs. Alors le Grec qui les gagnait, fit une pofe : —— « Monfieur, dit-il au Marchand , comme je ne fais avec

» qui j'ai l'honneur de jouer , & que
» voilà déja une fomme affez confidérable
» de perdue , vous me permettrez de
» vous demander qui me paiera? — Allez ,
» Monfieur , reprit l'autre Grec , je fais
» bon pour Monfieur ; je vous réponds
» de tout ce qu'il perdra ; je lui dois
» dix-mille francs pour des étoffes qu'il
» m'a vendues & que j'ai reçues. — Voilà
» qui eft clair, ajouta le Grec qui avait
» fait l'objection ; reprenons les cartes ,
» je vais continuer ». — Il continua en
effet , & le Marchand perdit non-feulement fes étoffes , mais encore tout l'argent qu'il avait fur lui.

DEUX autres Grecs voulaient lier
partie avec un Médecin fort riche & qui
aimait paffionnément le Jeu ; mais fi occupé de fes malades , qu'ils n'avaient pu
le joindre , malgré toutes les rufes qu'ils
avaient employées. Enfin , l'un des deux
fripons s'avifa de faire le malade , & envoya de grand matin chercher l'Efculape.
Celui-ci le trouva effectivement au lit ,
lui tâta le pouls , ordonna une purgation ;
mais c'était lui-même qu'on voulait pur-
ger. Il promit de revenir le foir ; & lorfqu'il

B 6

arriva, un Pharaon était établi; on n'y
jouait qu'avec de l'or , & la banque était
de deux-cens louis. Le prétendu malade
dit au Médecin , après l'avoir entretenu
de fon état : —— « Vous avez la phifio-
» nomie heureufe ; voudriez - vous me
» faire le plaifir de ponter dix louis pour
» moi ? —— Très-volontiers, répondit le
» Doƈteur ». —— Notre Grec lui donna
les dix louis , & auffi - tôt il fe mit à
jouer. En moins d'un quart - d'heure il
gagna cinquante louis; il les compta au
malade , en lui témoignant qu'il avait eu
plufieurs fois envie de lui propofer d'être
de moitié. —— « Ah , mon Dieu ! Mon-
» fieur le Médecin , lui répondit-on , j'en
» fuis au défepoir. Que n'avez-vous par-
» lé ? j'aurais été charmé de partager avec
» vous ce petit profit. Mais ce qui eft
» différé n'eft pas perdu, vous n'avez
» qu'à revenir demain à la même heure ;
» ces Meffieurs feront ici , & nous joue-
» rons enfemble ce que vous voudrez ».
Le Doƈteur n'y manqua pas. Il s'affocia
avec fon malade , qui fe portait affez
bien pour être autour de la table. On
laiffa d'abord gagner quelques louis au
Médecin ; mais dans peu la chance tour-
na ; il perdit ce jour-là , & les fuivans ,

vingt-mille francs, qu'il avait gagnés à force de courſes & d'ordonnances.

* * *

UN bon Payſan, nouvellement arrivé à Paris, paſſa devant le Palais, & demanda à certain Procureur ce que c'était que ce grand édifice. — « C'eſt un mou- » lin, lui répondit le Procureur : — Je » m'en doutais, répliqua le Payſan, en » voyant tous ces ânes à la porte qui » portent des ſacs ».

* * *

ON demandait à un Suiſſe ſi ſon maître y était. — « Il n'y eſt pas. — Quand » reviendra - t - il ? — Oh ! répondit le » Suiſſe, lorſque Monſieur a donné or- » dre de dire qu'il n'y eſt point, on ne » ſait pas quand il reviendra ».

* * *

UN Financier de l'ancien tems, (car il en eſt encore quelques-uns) ſe trouvant à table avec un Auteur diſtingué, fut ſurpris de ce que cet homme de Lettres ne refuſait point les morceaux délicats qu'on lui préſentait : — « Eh quoi ! s'é- » cria-t-il, les Philoſophes uſent-ils de » ces friandiſes ? — Pourquoi non ? lui

» répondit le Savant ; vous imaginez-vous
» que la Nature n'ait produit les bonnes
» chofes que pour les ignorans » ?

UN jeune Officier , venu à Paris dans
le tems du carnaval , fit la partie d'aller
au bal avec un de fes amis , & fe dé-
guifa en diable. Ils fe retirèrent avant
le jour. Comme le carroffe qui les con-
duifait paffa dans le quartier où logeait
le Militaire , il fut le premier qui defcen-
dit. On le laiffa le plus près qu'on put
de fa porte , où il courut promptement
frapper , parce qu'il fefait grand froid. Il
eut bien de la peine à réveiller une groffe
fervante de fon auberge , qui vint enfin
lui ouvrir à moitié endormie ; mais dès
qu'elle l'apperçut , elle referma au plus
vîte la porte , & s'enfuit en criant : *Jefus
Maria !* Las de refrapper inutilement ,
& mourant de froid , il prit le parti de
chercher gîte ailleurs. En marchant le
long de la rue , il entrevit de la lumière
dans une maifon , & , pour comble de
bonheur , la porte n'était pas tout-à-
fait fermée. Il vit en entrant un cer-
cueil avec des cierges autour , & un Prêtre
qui s'était endormi en lifant fon breviaire ,

auprès d'un fort bon brasier. Le jeune homme s'approcha du feu, & s'assoupit tranquilement sur une chaise. Cependant le Prêtre s'éveilla, & appercevant à côté de lui une figure aussi horrible, il ne douta pas que ce fut le diable qui venait prendre le mort, & se mit à jeter des cris affreux, qui, réveillant le Militaire en sursaut, lui causèrent la plus grande frayeur, & l'obligèrent à prendre la fuite. A peine fut-il dans la rue, qu'il fit réflexion sur son étrange habillement ; & comme il n'était pas loin de la fripperie, & que le jour commençait à paraître, il y alla changer d'habit, & retourna à son auberge. Il apprit en entrant, que la servante était malade, parce qu'elle avait reçu dans la nuit une visite du diable ; & le bruit se répandit dans tout Paris que le démon était venu pour enlever un mort ; ce bruit parut d'autant mieux fondé à certaines personnes, que le défunt avait été Procureur.

A propos de ces Praticiens, parmi lesquels (soit dit par parenthèse) il se rencontre de fort honnêtes gens, je me rappelle une historiette assez plaisante.

Un Procureur, felon toute la rigueur du terme, qui s'était enrichi, Dieu fait comment, acheta une charge de Sénéchal à fon fils unique, & lui recommanda de travailler toujours avec utilité, & de faire contribuer ceux qui auraient befoin de lui. — « Quoi ! mon père, dit le fils » furpris d'un tel confeil, vous voudriez » que je vendiffe la Juftice? — Sans » doute, répondit le père : une chofe » fi rare ne doit pas fe donner pour rien ».

DEUX célèbres Coureurs, l'un appellé *la Violette*, né dans le Piémont, & l'autre *Roffignol*, jeune Romain, fe difputaient depuis long-tems fur la fignification de leur fobriquet. La Violette trouvait que fon camarade n'était ni affez léger, ni affez vîte pour qu'on eût eu raifon de lui impofer le nom d'un oifeau ; & Roffignol prétendait que fon adverfaire, à caufe de fa lourdeur, méritait de porter le nom d'une plante. Pour terminer la difpute, ils fe défièrent mutuellement à la courfe ; & leurs maîtres permirent qu'ils entraffent en lice : (la Violette eft au Duc de Bourbon, & Roffignol au Prince d'Efterafy). Il s'agiſſait d'aller à Verſailles & d'en revenir. Les deux Coureurs, le 22 décembre 1776, partirent vers les huit heures du matin de la porte de la Conférence, & Roſ-ſignol arriva à Verſailles & fut de retour le premier : il mit 55 minutes pour at-teindre à la grille du Château, & 17 de plus pour le retour ; en tout deux heures ſept minutes.

On a voulu renouveller la ſingulière gageure que le Marquis de G*** avait propoſée à M. le Duc de C*** : M. de G*** pariait qu'il irait à Fontainebleau & en reviendrait, avant que le Prince eut pu piquer ſucceſſivement 500 mille points ſur du papier, avec une épingle ou avec une plume. Mais un calcula-teur a prouvé qu'un homme, en lui ſuppoſant toute la vîteſſe poſſible de la main, ne pourrait faire que trois-mille & quelques points par minute, ce qui donnerait 180 mille points dans dix heures. Il ne faut pas ce tems-là pour aller à Fontainebleau & revenir en poſte : ainſi, celui qui a propoſé ce pari pouvait ne demander que deux-cens-mille points ; & il aurait été encore ſûr de gagner.

IL femble que les Anglais aient voulu faire une plaifanterie fur les étranges gageures que fe permettent quelquefois de jeunes Seigneurs Français (1) : un particulier de Londres paria de fournir à cheval une courfe de 30 milles, pendant qu'un efcargot parcourrait l'efpace de 30 pouces fur une pierre couverte de fucre en poudre. Cette courfe s'eft, dit-on, faite à New-Market. Le pari principal était de 200 guinées ; & nombre de perfonnes gagèrent, les uns pour le cavalier, les autres pour l'efcargot.

UN homme de Paris, qui paffait la belle faifon dans une terre fituée en Baffe-Normandie, fut invité à un grand repas dans la Ville de Valogne : le maître de la maifon fefait fes feules délices de la bonne-chère; fon unique étude & fa gloire étaient d'inventer des mets nouveaux; il avait pris pour armes parlantes un pâté de perdrix en champ de gueule, avec cette devife : *non in folo pane vivit homo*

---

(1) Voyez le premier Volume des *Aventures Parifiennes*, pages 155-57.

(l'homme ne peut pas vivre feulement de pain). A l'entremets on vit paraître un fuperbe plat d'afperges ; on fit l'éloge de ce légume, mais on l'accufa enfuite d'affliger l'odorat, & l'on fe plaignit qu'on eut vainement tenté jufqu'à préfent plufieurs recettes pour en prévenir les effets défagréables. Notre favant gourmet, qui n'avait encore ouvert la bouche que pour manger ou pour inviter fes convives à fuivre fon exemple, éleva la voix, & dit gravement. — « Gens » délicats, mangez vos afperges avec » une fauce à la moutarde ». — Je confeille à mes Lecteurs d'éprouver le fecret qu'indiqua ce gourmet fameux.

TANDIS qu'il eft queftion d'une hiftoriette arrivée à foixante lieues de la Capitale, pourquoi n'attendrirai-je pas le Lecteur fur la fin déplorable d'un infortuné que les fuites funeftes d'un emportement occafionné par l'ivreffe, ont conduit fur l'échafaud, & qui mourut regretté & pleuré de toute la ville où fe paffa la trifte fcène dont je vais faire le récit. Au refte, celui dont je le tiens peut avoir ignoré des faits venus à la connaiffance des Juges , & qui aggravent le crime commis dans l'ivreſſe. Le Public ne déſapprouverait pas ſi ſouvent les Arrèts rendus au criminel , & les Magiſtrats qui les prononcent feraient plus à même d'être éclairés , ſi les cauſes criminelles s'inſtruiſaient publiquement, comme en Angleterre. Le nommé Germain vivait bourgeoiſement avec ſept à huit - cens livres de rente ; ſa probité & ſa douceur le feſaient aimer de tous ceux qui le connoiſſaient, quand il eut le malheur d'aller, avec quelques amis, dîner dans une guinguette éloignée d'environ une lieue de la Ville qu'il habitait. On revint en pointe de vin ; & comme le chemin était de paſſer auprès des fourches patibulaires , lorſqu'on fut vis-à-vis, l'un de ces mauvais plaiſans qu'on ne trouve que trop dans la plupart des ſociétés , dit en riant à Germain , avec qui il venait de ſe réjouir : — « Tiens, » voilà un endroit où tu ſeras accroché » quelque jour ».—Germain n'avait point encore la tête aſſez échauffée pour ſe formaliſer de ce propos ; mais on s'arrêta dans un Café, on y but amplement des liqueurs ; alors Germain ſe croit inſulté par ſon ami ; il lui témoigne avec chaleur combien fon honneur eft bleffé du difcours peu mefuré qu'il lui a tenu ; de replique en replique, la querelle s'anime, Germain devient furieux, & donne un coup de couteau dans le ventre de fon aggreffeur, qui tombe mort à fes pieds. On fe faifit auffi-tôt de fa perfonne ; le procès s'inftruit, il eft condamné à être pendu. Cet étrange jugement était en dernier reffort ; le peuple n'en eft pas plutôt informé, qu'un cri général s'élève ; les Magiftrats craignent une émeute, ils engagent un Régiment à prendre les armes ; encore eurent-ils bien de la peine à faire exécuter leur Arrêt.

Un jeune homme de qualité, mais plus pourvu des dons de la Nature, que de ceux de la fortune, fit inférer dans le *Journal de Paris* une lettre, dans laquelle il décrit exactement fa perfonne, fon caractère, & s'offre à époufer celle qui croira fentir pour lui quelque fimpathie, à condition qu'elle jouira d'un certain bien-être, & que fon état ne fera point trop difproportionné du fien. Ce jeune homme ayant vu que fa plaifan-

terie avait été goûtée, en imagina une autre, peut-être d'après la lecture d'un Roman intitulé : *Aventures Galantes*, imprimé en 1736 (1). On lut encore de lui, dans le *Journal de Paris*, une nouvelle missive conçue à-peu-près en ces termes : — « Vous avez vu, Messieurs,
» ce que m'a fait faire l'envie de trouver
» la femme qui doit sympathiser avec mon
» caractère ; au risque d'entretenir une
» correspondance aussi ennuyeuse qu'inu-
» tile, avec la plupart de ces coquettes
» qui se flattent de charmer tous les
» hommes, quoique réellement elles ne
» plaisent à aucun, j'ai eu l'honneur de
» vous écrire une longue lettre, que vous
» avez rendue publique, & dans laquelle
» j'ai peint fidèlement ma personne,
» mes goûts, mes passions. J'étais per-
» suadé que l'aimable moitié de moi-
» même, destinée à faire mon bonheur,
» se reconnaîtrait dans ce tableau véri-
» dique, & s'empresserait de se réunir à
» celui qui a les rapports les plus intimes
» avec elle. Mais malgré la complaisance
» que vous avez eue, Messieurs, de

_____

(1) Tome II, page 230 & suivante.

» publier ma mi... , elle n'eft point
» parvenue fans doute à la perfonne que
» je cherche, puifqu'elle garde le filence.
» Je m'étais flatté mal-à-propos que
» mes vœux allaient être comblés. Je
» fuis réfolu de recevoir mon époufe
» des mains du hafard, à l'exemple de
» tant d'honnêtes gens, qui n'ont pas
» toujours eu lieu de s'en repentir. Mais
» pour qu'il y ait quelque chofe de fin-
» gulier dans la fin que je me propofe,
» j'ai imaginé de me mettre en loterie.
» Voici quel eft mon projet. La loterie
» *Matrimoniale* ne fera pas moins com-
» pofée que de 50,000 billets, & chaque
» billet coûtera 6 livres ; ce qui fera
» une fomme de cent-mille écus, que
» je diviferai en deux portions égales,
» dont on va voir la deftination. Il n'y
» aura qu'un lot gagnant, & ce lot
» fera *moi*, c'eft-à-dire un mari, avec
» cent-mille écus, ou point de mari,
» mais 150 mille livres. La jeune perfonne
» à qui tombera le billet favori, aura
» le privilège de m'époufer, pourvu
» qu'il n'y ait rien de vil dans fa naif-
» fance, fa profeffion & fes mœurs. Je
» ne m'attache qu'à la vertu douée de
» quelques attraits ; & ma fatisfaction ferait

» extrême de pouvoir lui procurer une
» forte d'opulence, & de lui être rede-
» vable de ma félicité. Indépendamment
» des avantages dont je ferai jouir l'efti-
» mable compagne que me donnera le
» fort, je lui reconnaîtrai, par le contrat
» de mariage, une dot de cent-cinquante-
» mille livres. Mais s'il arrivait que je
» ne fuffe nullement à fon gré, ou
» qu'elle ne pût abfolument me conve-
» nir, comme mon intention n'eft pas
» d'augmenter le nombre des mariages mal
» affortis, elle fera libre de ne point unir fa
» deftinée à la mienne, & je conferverai
» auffi ma liberté : alors elle n'aura
» qu'une des deux portions des trois-
» cens-mille francs.

» Tel eft, à-peu-près, le deffein que
» j'ai formé. Il me tarde d'autant plus de
» le mettre à exécution, qu'en augmen-
» tant ma fortune, il m'infpire l'efpoir
» de trouver bientôt une époufe auffi
» belle que vertueufe. Pourquoi mes ef-
» pérances paraîtraient-elles peu fondées ?
» la plupart des mariages ne fe font-ils
» pas par hafard ! Eft-il à préfumer qu'ils
» font tous malheureux ? D'ailleurs, ma
» loterie offre un avantage réel ; elle pro-
» met une dot confidérable à la Beauté
» fans

» fans fortune; elle peut même enrichir
» celle dont la laideur fait fuir tous les
» partis. Quel eft le père de famille qui
» ne facrifiera pas volontiers fix livres,
» dans l'efpoir d'établir avantageufement
» une fille chérie? Il eft bien jufte que
» mon projet me rapporte une cinquan-
» taine de mille écus, fi l'on refufe de
» m'époufer, puifqu'en courant les rifques
» du contraire, je m'expofe à la defti-
» née commune à tant de maris, au cas
» que le hafard ne veuille point me fa-
» vorifer ».

Voici le projet d'une loterie encore
plus fingulière en faveur de trois jeunes
perfonnes. M. B***, employé dans les
vivres de la Marine, mourut il y a cinq
ans, & laiffa une veuve encore jeune,
mais fans fortune & chargée de trois filles;
l'ainée approchait de quinze ans, & fa
beauté était parfaite; la feconde avait dix
ans, & la troifième n'en avait que huit, &
elles promettaient d'égaler les charmes de
leur ainée. Mais cette famille infortunée
pouvait à peine fubfifter du travail de fes
mains; & la mère avait la douleur de ne
pouvoir faire donner à fes filles l'éduca,

II. Part.   C

tion que des jeunes perfonnes bien nées
doivent recevoir. Cette femme refpecta-
ble répandit ces chagrins dans le fein d'une
intime amie, qui tenait un bureau de la
Loterie Royale dans un des beaux quar-
tiers de Paris. La Buralifte reçut avec
le plus tendre intérêt cette trifte confi-
dence, & promit d'employer les reffources
de fon imagination, pour tirer la mère &
les filles de l'indigence où elles languif-
faient. L'obligeante amie vint en effet un
matin trouver la veuve; & l'abordant d'un
air riant & fatisfait : — « Je me flatte,
» lui dit-elle, de changer bientôt votre
» affreufe fituation. La mifère eft le com-
» ble de toûs les maux ; elle énerve l'âme,
» elle nous fait méprifer de tout le monde :
» il faut donc, à quelque prix que ce
» foit, chaffer cette ennemie impitoyable,
» qui nous plonge dans un état cent
» fois pire que la mort. Vous avez trois
» filles charmantes : il eft donc abfolu-
» ment néceffaire d'en faire un objet de
» finance. Je vous apporte un plan que j'ai
» dreffé, & qui ne peut manquer d'a-
» voir le plus grand fuccès ». — La
veuve, agréablement furprife, fauta au
cou de fon amie, & lui témoigna combien elle était impatiente d'apprendre

quel était le foulagement qu'on lui pré-
parait. — « Ecoutez-moi de fang-froid,
(continua la fpirituelle & adroite Buralifte) » & vous finirez par m'admirer ».
Alors elle tira de fa poche un projet
écrit très-lifiblement , & conçu en ces
termes : — « Madame B*** a trois filles ;
» l'ainée eft dans l'âge heureux de l'amour
» & des plaifirs : c'eft une belle rofe qui
» commence à éclore , & dont plus d'un
» Amateur defirerait fe parer. Il faut en
» faire le gros-lot d'une loterie , qui por-
» tera le titre de *Loterie de Cithère*. Elle
» fera compofée de 500 billets , d'un
» louis chacun ; j'en ferai fecrètement la
» diftribution , aidée de deux de mes
» amies ; & pour nos frais & bons foins , il
» nous reviendra vingt- quatre fols par
» billet. Ces billets exactement numé-
» rotés , feront fignés de l'une des Bura-
» liftes , & ornés d'une vignette repré-
» fentant l'Amour cueillant d'une main
» une rofe , tandis que de l'autre il arro-
» fera deux jeunes boutons. Mes arran-
» gemens font pris pour affurer le fuccès
» du débit. Nos Seigneurs agréables , nos
» richards fi gras & fi curieux que les
» Demo felles à la mode diminuent un
» peu leur embonpoint , les Etrangers

» qui veulent être du bon ton, tous vont
» s'empreſſer de prendre des billets. Plu-
» ſieurs de ces Meſſieurs en ont retenu
» chacun pour le moins cinquante. Rien
» ne leur coûte, quand il s'agit de leurs
» plaiſirs : ils ne ſont économes que vis-
» à-vis de leur femme, ou lorſqu'il s'agit
» d'obliger un infortuné. Dès que le
» nombre des billets ſera diſtribué, on
» indiquera un jour où tous les intéreſſés
» pourront ſe rendre dans une petite
» maiſon à la Barrière-Blanche. Ils ſeront
» témoins de la fidélité du tirage. La
» jeune perſonne, objet de tous les hom-
» mages & de tous les vœux, ſera placée
» ſur une eſpèce de trône entre ſes deux
» ſœurs ; & toutes les trois ſeront miſes
» avec la dernière élégance. La plus jeune
» tirera les numéros ; à la ſortie du nombre
» fortuné, des fanfares ſe feront entendre ;
» & la mère préſentera elle-même ſa fille
» à l'heureux mortel dont le ſort l'obli-
» gera de combler les vœux. Afin de
» conſoler les perdans, & de leur laiſſer
» encore les douceurs de l'eſpérance, on
» délivrera à chaque porteur de billet,
» une Prime d'aſſurance pour le premier
» tirage, où la ſeconde des ſœurs devien-
» dra le gros-lot. Mais on ſera tenu de

>> nourrir la Prime , à raiſon de vingt-
>> quatre ſols par mois ; & les paiemens ſe
>> feront au Bureau. Le jour que la ſeconde
>> des ſœurs aura quinze ans révolus, on
>> recommencera, à la Barrière du Temple,
>> ou ailleurs, la cérémonie pratiquée pour
>> l'établiſſement de la première. Lorſ-
>> qu'elle ſera pourvue à ſon tour, les
>> Primes continueront d'être nourries,
>> juſqu'à ce que la troiſième ſoit en âge
>> d'être unie à celui que le ſort lui deſ-
>> tine. Les trois jeunes perſonnes ſeront
>> exactement veillées , & elles recevront
>> la meilleure éducation >>.

Madame B * * * reſta ſtupéfaite à la
lecture de ce ſingulier Mémoire, que ſa
délicateſſe alarmée lui fit d'abord rejeter
avec horreur. Mais la dangereuſe amie
lui fit une peinture ſi effrayante de tous
les maux que traîne la miſère, qu'elle la
mit à même de réfléchir ſur le bizárre
projet. Elle lui obſerva qu'elle procurait
tout de ſuite un établiſſement à ſon ainée ,
& que , par le moyen des Primes , il lui
ſerait facile de vivre dans l'aiſance avec
les deux autres , & de les élever d'une
manière diſtinguée. La tendreſſe mater-
nelle ſaiſiſſait la ſéduction, & la repouſ-
ſait à l'inſtant. Enfin , la crainte de voir

C 3

mourir de faim les objets de fa tendreffe, lui fit adopter une idée qui l'aurait ré-voltée dans toute autre circonftance. Cette loterie extraordinaire s'eft tirée dans le plus grand fecret, & les jeunes perfonnes font très-heureufes.

***

UNE de ces Beautés à la mode, qui annoncent par leur luxe énorme la folie de leurs amans, aimait de bonne-foi un jeune Militaire, & le rendait véritablement heureux, attendu qu'il n'était point obligé de payer fes faveurs. Mais comme l'homme eft naturellement inconftant, & fur tout en amour, celui-ci fe laffa de fon bonheur, devint infidèle, &, ce qu'il y a de pis, fit éclater fon changement. La Belle délaiffée, au-lieu d'imiter l'exemple qu'on lui donnait, éprouva les tourmens de la jaloufie & les horreurs du défefpoir; elle fe procura une forte dofe d'opium, & réfolut de s'endormir pour toujours. Avant d'avaler le fatal breuvage, elle écrivit une lettre très-touchante au perfide qu'elle adorait. Elle lui annonçait le deffein qu'elle avait formé de terminer fes jours, & qu'il devait fe regarder comme l'auteur de fa mort. — « Je n'exifterai

» peut-être plus lorfque vous recevrez
» ce billet , lui difait-elle. Si ma perte
» peut réveiller en vous quelque fenti-
» ment de pitié , la feule preuve que vous
» puiffiez m'en donner , c'eft de venir
» promptement recueillir mes derniers
» foupirs ». —— Le Militaire regarda cette
épître comme une plaifanterie ; il ne
voulut point aller lui même chez fa tendre amante ; il y envoya un de fes amis ,
afin de l'engager à fe confoler au plutôt.
Mais l'ami trouva l'infortunée fans connaiffance au milieu de plufieurs Médecins,
qui tâchaient de la rappeller à la vie. Ce
ne fut qu'après quatorze heures de tenta-
tives , qu'on parvint à arréter l'effet du
poifon. Ce qu'il y a de plus fingulier,
c'eft qu'elle revint abfolument guérie de
fon fol amour , & qu'elle ne tarda pas à
employer le meilleur remède qu'il y ait
contre l'infidélité ; elle écouta un autre
amant.

UNE très-jolie perfonne avait des bon-
tés non équivoques pour un jeune homme,
qui mourut à force de lui prouver fon
amour : on grava fur fon tombeau , en no-

tes de mufique : *la , mi , re , la , mi , la.*
Cette Demoifelle fe nommait *Miré* (1).

CERTAIN mauvais plaifant parut à
l'un des bals de l'Opéra , vêtu dans le
coftume d'un foldat déferteur, puni fui-
vant l'ordonnance rendue fous le Comte
de Saint-Germain ; il s'était attaché un
boulet fictif au pied , & prétendait par-là
avoir une recette contre l'inconftance.

ON a remarqué que les Actrices chan-
tantes de l'Opéra font rarement une brillante fortune , au-lieu qu'il n'eft aucune
des premières Danfeufes qui n'arrivent au
Spectacle dans un char fuperbe. On prétend qu'un étranger propofa ce problême
à réfoudre à M. d'Alembert , qui lui répondit que c'était une fuite néceffaire des
loix du mouvement.

---

(1) On n'a fait qu'imiter l'ancienne épita-
phe d'un Muficien mort pour avoir trop bu :
La , mi , la , mi , la.

ON trouve à la tête d'un Roman intitulé : *Mémoires Turcs*, une Epître dédicatoire adreſſée à la Courtiſane la plus célèbre de nos jours, la Demoiſelle du T * * *. L'ironie en eſt auſſi agréable que bien ſoutenue : —— « Nos palais, nos hô-
» tels ne ſont plus aujourd'hui que la
» triſte retraite du lugubre himen, où
» d'indolentes épouſes languiſſent dans
» l'ennui, ſous la garde d'un Suiſſe cha-
» marré, qui, comme le marbre de ſa
» porte, n'indique que l'hôtel du maître
» & la priſon de ſa triſte moitié ; tandis
» que la ſémillante jeuneſſe, en foule dans
» vos petites maiſons, y fixe l'amour &
» les jeux, & vos petits ſoupers ſont par-
» tout le déſeſpoir des grands.... Vos pri-
» vièlges, Déités du jour, ſont auſſi grands
» que ſacrés ; & comment ne le ſeraient-
» ils pas ? effets précieux du Commerce,
» il eſt bien juſte que vous participiez à
» l'heureuſe liberté qu'on lui doit ; vous
» formez ſous la protection de Cypris, une
» République indépendante. Vos reve-
» nus, mieux fondés que ceux de l'État,
» ſe trouvent tous impoſés ſur nos beſoins
» de première néceſſité, & ils vous par-
» viennent d'autant plus ſûrement, que
» ſans ſecours étrangers, vous en faites

C 5

» feules la recette & la dépenfe : vous ne
» troqueriez pas le produit de vos char-
» mes, contre la penfion de la Ducheffe la
» mieux payée de fon mari. . . . Depuis
» cette heureufe révolution, rien ne vous
» arrête, plus d'obftacles ; l'hymen tourné
» en ridicule, ofe à peine fe montrer ;
» vous paraiffez publiquement dans les
» voitures de vos amans ; vous portez leurs
» livrées, leurs couleurs, fouvent les dia-
» mans de leurs époufes ; vos petites mai-
» fons s'élèvent par-tout des débris des
» grandes, & forment par leur nombre,
» dans les fauxbourgs de la Capitale & fur
» les Boulevards, une efpèce d'enceinte
» de circonvallation, qui, la tenant blo-
» quée, vous en affurent à jamais l'em-
» pire. . . . Vous prenez le plaifir en gé-
» néral pour but, tous les hommes pour
» objet, & le bonheur public pour une
» fin de vos fublimes fpéculations. Éter-
» nelles victimes, & toujours fur l'autel,
» vous faites plus d'heureux en un jour
» que les autres en toute leur vie. Oui,
» Mefdemoifelles, vous êtes le véritable
» luxe effentiel à un grand Etat, l'appas
» puiffant qui lui attire les étrangers &
» leurs guinées : vingt modeftes citoyen-
» nes, valent moins au Tréfor Royal,

» qu'une feule d'entre vous; auffi êtes-vous
» hors de tous les rangs , à côté de tous
» les états , & les femmes par excellence
» de tous les hommes ».

UN Seigneur fort riche avait une fingulière fantaifie : il fallait que la femme
qui lui accordait fes faveurs, lui donnât
fa tabatière ou fon anneau, qu'il payait
très-cher , & étiquetait fur le champ du
nom de celle à qui il en était redevable.
On prétend qu'à fa mort on trouva huit-
cens tabatières , & jufqu'à quatre-mille
bagues qui lui étaient parvenues de la
forte.

UN autre Seigneur tomba dangereufe-
ment malade , après avoir long-tems
aimé une jeune perfonne qui ne l'avait
point défefperé par fes rigueurs, mais à
laquelle il avait fait peu de bien. Lorfqu'elle apprit que la maladie de fon amant
était mortelle , & qu'il n'était permis de le
voir qu'à fa famille , qu'aux Médecins , &c.
elle s'habilla en courier , & fe préfenta
chez lui , difant qu'elle avait un paquet

d'importance à lui remettre. On l'intro-
duifit dans la chambre du moribond,
qu'elle voulut entretenir en particulier : —
« Reconnaiffez votre chère & infortunée
» Adélaïde, lui dit-elle. Comme j'ai fu
» que vous étiez peut-être fur le point de
» faire un grand voyage, je n'ai pas cru
» devoir vous laiffer partir fans recevoir
» vos derniers adieux, & fans vous prier
» de vous fouvenir de moi ». — Le
Seigneur fut fi fenfible au moyen qu'elle
avait mis en ufage pour parvenir jufqu'à
lui, qu'il lui donna une bourfe contenant
mille louis.

Un Etranger, mari d'une très-jolie
femme, étant à Paris avec fa charmante
époufe, voyait avec peine venir chez lui,
du matin au foir, un grand nombre de
jeunes Seigneurs, qui fe propofaient de devenir, malgré lui, fes amis intimes, ou plutôt ceux de Madame. Enfin, excédé de
ces vifites intéreffées, il leur dit un jour
en les reconduifant : — « Je fuis très-fen-
» fible, Meffieurs, à l'honneur que vous
» me faites de venir ici ; mais je ne crois
» pas que vous vous y amufiez beaucoup ;

» je suis toute la journée avec ma femme,
» & la nuit je couche avec elle ».

Un jeune homme de qualité, dans
un moment d'ennui, alla voir une mai-
treſſe qu'il avait quittée. Surpriſe d'une
telle viſite, elle voulut jouer la délaiſ-
ſée, affecter de l'embarras & de la douleur; mais le charmant perfide, au fait de
tout le manège uſité en pareil cas, lui dit
en riant : — « Qu'avez-vous , Mademoi-
» ſelle ? pourquoi cet air triſte qui vous en-
» laidit ? Ce qui nous eſt arrivé eſt une
» choſe toute ſimple ; nous nous ſommes
» aimés , nous ne nous aimons plus ; mais
» faut-il être d'une conſtance à périr ? il
» vaut bien mieux que chacun s'arrange
» de ſon côté , & que ſans nous fatiguer
» par des reproches mutuels, nous con-
» ſervions l'un pour l'autre les égards de
» politeſſe qu'on ſe doit dans le monde.—
» Qui vous a fait préſent de ce joli petit
» chien ?.... Je vous trouve aujourd'hui
» coîffée à ravir ». — La converſation
étant changée tout-à-coup , la Belle oublia ſon chagrin apparent , & rit aux
éclats des folies que lui débita ſon ancien
Chevalier.

QUELQUES-UNES de ces Demoiselles qui ruinent si facilement leurs amans à grandes livrées, ou possesseurs d'un coffre-fort, ont reçu si peu d'éducation, qu'elles font souvent en parlant des fautes de français très-plaisantes : une Actrice s'écria un jour :

— « Du moins on ne dira pas que je vois
» mauvaise compagnie ; car j'ai eu aujour-
» d'hui à ma table plusieurs Membres du
» Corps *Plumatique* ». (Elle voulait dire
le Corps Diplomatique).

Une autre disait : — « J'ai eu le feu
» dans mon voisinage, & ma maison était
» brûlée, si je n'avais eu un bon mur *ci-*
» *toyen* »..... (pour mitoyen)

LA Demoiselle Rivière , autrefois première Danseuse du Théâtre de Nicolet, ayant été au Spectacle des Élèves de l'Opéra, à l'une des représentations de la pantomime qui a pour titre : *Jérusalem délivrée*, dit en sortant : — « J'ai trouvé
» cela fort beau , mais je n'ai pu com-
» prendre quelle était la Princesse Jéru-
» salem ».

UNE Dame, dont la réputation était fort équivoque, observait qu'elle voulait faire élever son fils dans le sein de sa famille : un plaisant lui conseilla malignement de l'envoyer au Collége des *Quatre-Nations*.

LE Comte de L*** se trouvant avec sa maitresse devant une femme digne de considération & de respect, lui rendait les hommages qu'il croyait lui devoir. Sa maitresse voulut contrefaire la jalouse, & se permettre quelques railleries. Le Comte la fit taire, en lui disant avec douceur : — « Aimable vice, respectez la vertu ».

UNE Dame se plaignait amèrement dans une compagnie, de ce qu'on l'accusait d'avoir eu six enfans d'un homme de condition qu'elle nomma. —— « Pourquoi » vous affecter de ces propos ? (lui dit une des personnes devant qui elle parlait, & dont elle était très-connue) ; » les gens » bien nés ne savent-ils pas qu'il ne faut » jamais croire que la moitié de ce qu'on » dit » ?

UNE jeune Danseuse de l'Opéra fit les vers suivans, qu'en lui envoyant du vin de Constance, elle adressa à certain homme inconstant, qui avait le bonheur d'en être sincèrement aimé :

Ce Vin porte un beau nom ; on l'appelle
    Constance.
Du Cap qui le produit tu connais la distance.
Eh bien, si je savais que, versé de ma main,
De ton cœur à jamais il m'assurât l'hommage,
Je braverais les flots & les vents & l'orage,
Et j'irais le chercher sous le ciel Africain.

UNE autre Danseuse moins estimable, avait un amant généreux & prodigue, qui déposa pour elle chez un Notaire vingt-mille livres en contrats & papiers. Lorsqu'il fut question de réaliser ces effets, & d'en remettre le montant à la charmante élève de Terpsicore, le Notaire en reçut un billet, par lequel elle lui marquait de lui apporter le soir même douze-cens livres, & qu'elle l'attendrait à souper. Le galant Garde-Notes ne manque pas d'exécuter les intentions de la jolie Nimphe ; il donne l'argent, soupe tête-à-tête, s'en-

flamme aux agaceries dont il eſt la dupe, fait préſent d'une boîte d'or décorée de ſon portrait; & ſe croyant en bonne fortune, il prie, il conjure qu'on lui accorde une nuit; la Belle ſe laiſſe facilement attendrir; il eſt au comble de ſes vœux. Le lendemain matin on le preſſe de s'en aller, dans la crainte que l'amant ne le ſurprenne; il ſe hâte de s'éloigner, & oublie de demander un reçu de l'argent qu'il avait apporté. A peine rentré chez lui, il s'apperçoit de ſa ſottiſe, & revient au plus vîte chez la ſéduiſante Danſeuſe. Mais il n'en reçoit que des plaiſanteries; elle perſiſte à lui ſoutenir qu'elle lui a donné la valeur de la ſomme qu'il réclame ſi mal-à-propos. Voyant ſes repréſentations, ſes prières, ſes menaces inutiles, le Notaire voulut lui intenter un procès criminel, & courut porter ſa plainte à un Commiſſaire. Voici la lettre plaiſante qu'écrivit à cet Officier de Police la Danſeuſe trop intéreſſée:
— « Je voudrais bien déférer à votre
» conſeil; j'en fais grand cas; mais cela
» n'eſt pas poſſible; & mon Adonis, qui
» eſt un homme de Loi, fait que de tout
» ce que j'ai, rien ne m'appartient plus
» que mes faveurs; j'ai le droit inconteſta-
» ble d'en pouvoir diſpoſer librement, &

» de les donner ou de les vendre. On in-
» terdit ceux qui prodiguent leurs biens
» au premier venu, on les traite de fous :
» ma conduite prouve que je ne fuis pas
» folle. Vous conviendrez, après avoir vu le
» perfonnage, que rien ne pouvait m'ex-
» citer à la générofité. Au moins doit-on
» recueillir le plaifir du bienfait. J'ai donc
» vendu ce que je ne voulais pas accor-
» der gratuitement ; rien ne manque à la
» vente ; & tous les Notaires de Paris y
» auraient paffé, qu'elle ne ferait pas
» mieux en règle. Ils m'ont appris qu'il y
» fallait trois points, la chofe, le prix &
» le confentement : j'ai livré le premier,
» je retiens le fecond, & quant au troi-
» fième, il eft prouvé par fon portrait,
» dont l'acquéreur m'a gratifiée. Je fuis
» prête à le rendre, s'il me croit dédom-
» magée par ce cadeau ; je ne me fuis
» nullement trouvé fatisfaite de fa per-
» fonne ; à bien plus forte raifon l'image
» ne me tiendra-t-elle pas lieu de la réa-
» lité. Quand je voudrai être généreufe,
» je choifirai mieux. Ainfi, je m'humilie
» en avouant bonnement que l'intérêt feul
» m'a guidée ; je préfère, pour mon
» amour-propre, qu'on m'accufe plutôt
» de cupidité exceffive, que de mauvais

» goût. C'est une dérision que la préten-
» tion du petit Notaire , une misérable
» chicane , & j'espère que ses Confrères le
» remettront dans les bons principes ».

OPPOSONS à ce trait d'intérêt & d'effronterie , un trait de générosité & de no-
blesse , qui prouve que les sentimens les
plus estimables se trouvent dans tous les
états. La Demoiselle Tési , Actrice de
l'Opéra de Vienne , était idolâtrée d'un
Comte du Saint-Empire , qui, après avoir
long-tems vécu avec elle , forma le dessein de l'épouser. Loin de consentir à l'exécution de ce projet , qui lui promettait
une fortune aussi brillante que bien éta-
blie , l'Actrice mit tout en œuvre pour
en détourner son amant : elle lui rappella
ce qu'il devait à sa naissance , à son rang,
à l'opinion publique. Mais ses représentations furent inutiles. Désespérant de vain-
cre la résolution du Comte , Mademoiselle
Tési eut recours à un moyen singulier :
elle offrit sa main & cinquante ducats à un
pauvre Boulanger , mais à condition qu'il
n'userait point des droits de mari. Le garçon Boulanger accepta avec empresse-

ment ; & le Comte ne fut inſtruit qu'après la célébration du mariage.

❧

C'est en vain que tous les Gouverne-
mens ſe ſont ſouvent efforcés de détruire
ou de diminuer le nombre des femmes·
de mauvaiſe vie , de ces victimes effrontées
de la miſère ou du libertinage. M. Lenoir,
Lieutenant-Général de Police de Paris,
a rendu une Ordonnance ſur ce ſujet,
le 6 Novembre 1778 , dont il eſt à
propos de faire mention : je vais en citer
le préambule. — « Sur ce qui nous a été
» remontré par le Procureur du Roi,
» qu'après avoir porté une attention toute
» particulière ſur ce qui peut intéreſſer
» la ſûreté des Citoyens, & renouvellé
» les Réglemens principaux dont l'exé-
» cution tend à la maintenir, il lui paraît
» également néceſſaire de rappeller la
» rigueur des Ordonnances contre les
» Filles & Femmes de débauche, dont
» les excès & le ſcandale ſont auſſi pré-
» judiciables à la tranquilité publique
» qu'au maintien des bonnes mœurs ; que
» le libertinage eſt aujourd'hui porté à
» un point, que les Filles & Femmes
» publiques, au-lieu de cacher leur infâme

» commerce, ont la hardieſſe de ſe mon-
» trer pendant le jour à leurs fénêtres,
» d'où elles font ſigne aux paſſans pour
» les attirer ; de ſe tenir le ſoir ſur leurs
» portes, & même de courir les rues,
» où elles arrêtent les perſonnes de tout
» âge & de tous états; qu'un pareil déſor-
» dre ne peut être réprimé que par la
» ſévérité des peines preſcrites par les
» Loix, & capables d'en impoſer, tant aux
» Filles & Femmes de débauche, qu'à
» ceux qui les ſoutiennent & favoriſent».

Il eſt à deſirer qu'une Ordonnance auſſi
utile ſoit exactement maintenue ; &
que le Magiſtrat reſpectable qui veille
toujours avec la même activité aux ſoins
les plus importans de la police d'une Ville
immenſe, ſe faſſe informer de la négli-
gence qu'on peut apporter à exécuter ſes
ordres, dans un objet qui intéreſſe les
mœurs & la tranquilité publique.

Voici des réflexions que, dès 1777,
j'avais faites ſur ce ſujet interéſſant (1) :
—— « Il eſt bien difficile de ne point tomber
» dans quelque piége, lorſqu'on en eſt

_____

(1) Dans mon Roman de *Suzette & Pierrin*,
ou les dangers du Libertinage, tome II, pages
104 & ſuivantes.

» entouré de toutes parts. La fageffe
» prefcrit de fuir ces femmes hardies qui
» viennent offrir de vous procurer des
» fenfations délicieufes; & vous en ren-
» contrez a chaque pas ! Ainfi, tandis.
» que la vertu veut nous priver d'un
» plaifir vers lequel nous entraîne la
» Nature , & que nous combattons inté-
» rieurement contre nos paffions, on
» fouffre que nous foyons affiégés par
» des firènes charmantes, d'autant plus
» dangereufes, qu'elles offrent des plaifirs
» faciles & des attraits piquans. Eloignez-
» les avec le plus grand foin de l'homme
» faible, & foyez fûr que vous verrez
» alors bien moins de vicieux ; refpectez
» la fanté & la vertu trop fragile des ci-
» toyens ; ne faites pas comme ceux qui,
» pour fe jouer de la vie d'un malheu-
» reux privé pendant plufieurs jours de
» toute efpèce de nourriture , le renfer-
» meraient dans un jardin, dont les arbres
» ne porteraient que des fruits empoi-
» fonnés , & fans lui donner aucune forte
» d'aliment, lui défendraient de toucher
» à ces fruits pernicieux : d'ailleurs, quel
» exemple donnez-vous à vos femmes, à
» vos filles? elles voient tous les jours
» des perfonnes de leur fexe étouffer

» tout fentiment de pudeur, & brifer le
» joug pénible que le devoir impofe ;
» elles s'accoutument à l'afpect du vice ;
» elles peuvent infenfiblement le trouver
» moins hideux. Il eft vrai qu'il n'y
» aurait plus de mérite à réfifter à des
» penchans qu'on ne faurait fatisfaire.
» Ajoutons que les objets qui vous folli-
» citent au libertinage , quel agréables
» qu'ils foient, ne peuvent infpirer qu'un
» fentiment de dégoût; en effet , l'on voit
» dans leurs avances le plus vil intérêt,
» l'effronterie la plus révoltante ; & l'on
» doit fe dire que le dernier malotru ,
» le fcélérat digne de la roue , aurait ,
» pour de l'argent, obtenu les mêmes
» faveurs ».

On a coutume d'objecter que ces agen-
tes du libertinage font néceffaires, attendu
que , fans elles , les honnêtes femmes
ne feraient point en fûreté. Mais je croirai
plutôt que le beau fexe en ferait plus aimé,
plus refpecté, fi nos Villes étaient moins
remplies de créatures méprifables. Ce
font elles qui ont fait infenfiblement difparaître notre antique Chevalerie, & qui
ont occafionné la corruption totale des
mœurs.

C'eft affez differter fur un pareil fujet;

je reviens aux anecdotes, aux hiſtoriettes que je dois raſſembler dans cet ouvrage. Comme l'une des punitions infligées aux filles de mauvaiſe vie lorſqu'on les arrête, eſt de leur raſer les cheveux, & qu'on ne feſait point grace de cette punition, les premiers jours que parut l'Ordonnance de M. le Lieutenant de Police, deux femmes ayant été chez un Commiſſaire, afin de le faire juge d'un différend qui s'était élevé entr'elles, quelqu'un voulut ſe divertir à leurs dépens; il alla dire à un Perruquier de ſe rendre promptement chez M. le Commiſſaire un tel, où il y avait deux coquines à raſer. Qu'on juge de l'étonnement de l'Officier de Police & de la confuſion des deux femmes, lorſque le garçon perruquier eut fait part du motif qui l'amenait.

❧

Ceci me rappelle la bizarre manie d'un libertin d'une nouvelle eſpèce : il n'allait chez les Beautés faciles, que pour leur couper les cheveux, & il payait ce ſingulier plaiſir juſqu'à dix louis.

❧

Combien eſt-il dans le monde de femmes qui

qui ont prefque les fentimens de celles
dont je viens de parler? Il ferait fu-
perflu de faire mention de l'intérêt qui
les animent pour la plupart ; arrêtons-
nous feulement fur deux traits qui prou-
vent l'extrême facilité de quelques-unes
d'entr'elles. Une Dame mafquée, étant
au bal de l'Opéra, fut frappée de la
phifionomie intéreffante & de la taille
haute & fvelte d'un jeune homme ; elle
l'aborda & lia converfation avec lui. Après
les propos enjoués que le lieu permet-
tait, elle prit un ton plus férieux, & lui
déclara qu'elle le connaiffait depuis long-
tems ; que la bienféance feule avait pu
l'empêcher de lui avouer la tendre impreffion qu'il avait fait fur elle ; mais que
le mafque qui couvrait fa rougeur, lui
donnait la hardieffe de faire cet aveu.
Le jeune homme enchanté, pria qu'on
fit difparaître ce voile importun ; la Dame
inconnue répondit qu'il était inutile de
la preffer davantage fur ce fujet ; que fon
heureux vainqueur n'apprendrait fon nom
que dans deux mois. Mais, afin de le confoler fans doute, elle confentit à s'éclipfer
adroitement du bal, & à monter avec lui
dans un carroffe de place, dont elle ferma
foigneufement les glaces de bois, & qui

II. Part.   D

les promena pendant une heure dans différentes rues. Le jeune homme croyait qu'en rentrant au bal, la Dame ferait obligée de se faire connaître ; mais elle mit six francs dans la main d'un des portiers, & s'arrêtant un instant dans le vestibule, elle changea de domino, & se perdit dans la foule. Le jeune homme n'en a point entendu parler depuis. Il est à présumer que sa passion n'était que l'ouvrage du caprice, & qu'elle s'est éteinte dès qu'elle a été satisfaite.

UNE autre Dame, aussi peu délicate sur les moyens de se rendre heureuse, étant pareillement au bal de l'Opéra, & masquée, fut si charmée des manières sémillantes & du persifflage d'un agréable petit-maître, qu'elle l'engagea à venir chez elle ; mais à condition que, dès qu'il serait dans la voiture, elle lui banderait les yeux, & qu'il se laisserait reconduire avec la même précaution. Le petit-maître consentit à tout. On ne lui rendit l'usage de la vue qu'au milieu d'un appartement superbe, où il passa trois jours entiers avec sa nouvelle conquête ; mais sans appercevoir un seul instant les rayons du

foleil; car tous les volets étaient exactement fermés, & ils furent fervis par une
femme-de-chambre & un domeftique fans
livrée, qui n'ouvrirent jamais la bouche.
Lorfque les plaifirs commencèrent à perdre de leurs charmes, la Dame renvoya
fon amant pour ne plus le revoir; le
laquais affidé lui banda les yeux, le conduifit dans un fiacre, & ne lui ôta fon
bandeau, qu'en le quittant à fa porte.

QUEL contrafte frappant ! une jeune
perfónne extrêmement fage & d'une beauté
parfaite, fe vit réduite à fe faire ravau-
deufe; elle s'établit dans la rue du Foin-
Saint-Jacques. Les jeunes gens des en-
virons vinrent auffi-tôt lui compter fleu-
rettes; ils fe flattaient de ne point la
trouver cruelle; mais elle parvint à leur
en impofer à tous, & même à s'en faire
refpecter. Ils connurent alors que fon
maintien réfervé, fon air d'innocence,
loin d'être une affectation trompeufe,
peignaient la fageffe de fon âme. Ne
fongeant qu'à fon devoir, toujours ap-
pliquée au travail, elle dédaigna les
préfens, les offres les plus féduifantes.
Une Dame du voifinage entendit parler

D 2

avec admiration de la vertu de cette
jolie ouvrière, elle defira la connaître;
la trouvant de jour en jour plus eftimable, elle lui affura une rente de cent
écus, & l'établit avantageufement.

Il m'eft tombé entre les mains une
lettre galante tout-à-fait originale par fa
bêtife; je crois devoir la rapporter ici.
Elle avait en titre ce préambule fingulier:
*Bouquet matutinal pour Mademoifelle
G ***, que je lui compofe aujourd'hui de
fleurs que je defire, & que j'efpère fort
ne devoir jamais fe flétrir auprès de fon
cœur.*

» MADEMOISELLE,

» Si la vertu peut être eftimée par elle-
» même fans rien emprunter de la for-
» tune, il y a certainement lieu de douter
» fi vous ne devez pas être préférée à
» toutes celles de votre fexe; pour le
» moins, il eft bien certain qu'il n'y en
» aura pas une qui vous furpaffe & vous
» égale en fageffe, en fidélité, en conf-
» tance, en économie, en grandeur d'âme
» & de courage, en nobleffe de fenti-
» ment, en majefté de preftance, en

» beauté de conduite, en efprit, en in-
» telligence, en raifon, en jugement, &
» en amour unique pour votre époux
» tout feul. Ne me démentez jamais,
» Mademoifelle; vous en êtes priée par
» tout ce que vous avez de plus cher au
» monde; ne me démentez jamais fur la
» bonne & favorable opinion que j'ai de
» votre très-aimable & gracieufe per-
» fonne feule digne d'avoir poffédé, de
» poffédér encore aujourd'hui, & de
» poffédér toujours feule mon cœur, fans
» cependant bleffer les intérêts de Dieu,
» notre créateur, notre fouverain, notre
» confervateur, notre bienfaiteur & notre
» juge; feule digne d'en jouir comme
» une Demoifelle qui ferait fûrement tou-
» jours maitreffe, & dans la volonté de
» m'être toujours bonne & jufte à toute
» heure & à tout moment, fi j'avais le
» bonheur de lui être uni indiffoluble-
» ment. Auffi, en reconnaiffance, me
» fondrai-je entièrement, & pour ainfi dire,
» comme un grain de fel dans elle &
» dans fes preuves de bonté & de juf-
» tice. C'eft de la part de votre très-
» humble & très-obéiffant ferviteur, DENIS.
» P. S. Je vous fupplie, Mademoifelle,
» & même je vous en fupplie très-inftam-

» ment , de ne point perdre ce billet doux ;
» de le relire de temps en temps , & de
» vous en fouvenir toute votre vie en ma
» faveur. Je ne peux pas, aſſurément, vous
» parler plus modérément & plus bas que
» je ne fais : ainſi, je compte que vous ne
» me reprocherez pas, pour le moment,
» de crier à vos oreilles, & de vous les
» étourdir ».

Un jeune homme de cette capitale,
né avec de la fortune, de l'eſprit, de la
figure, mais avec une âme ardente, agi-
tée des plus vives paſſions, aimant une
Demoiſelle d'une naiſſance inférieure à la
ſienne, & l'aimait comme il était capa-
ble d'aimer, c'eſt-à-dire à la fureur; ſon
amante était auſſi paſſionnée que lui ; &
leur intelligence ne put long-tems ſe
cacher. Un frère de la Demoiſelle troubla leur bonheur mutuel ; il était d'un
caractère fougueux, emporté, & toujours
prêt à mettre l'épée à la main : auſſi était-
il très-eſtimé dans la claſſe de ces étourdis
qu'on appelle des tapageurs. Il ſignifia
bruſquement à l'amant de ſa ſœur, de ceſ-
ſer toutes ſes viſites ; les repréſentations,
les prières, les promeſſes d'obtenir le

confentement de la famille pour une union
fortable , rien ne put fléchir ce perfonnage
hors d'état d'entendre raifon. L'amant fe
vit forcé de tirer l'épée , pour repouffer
des infultes groffières ; il ne fongeait qu'à
défendre fes jours , & qu'à ménager ceux
de fon aggreffeur ; mais ce cruel ennemi
fe livrant trop à une fureur aveugle, s'en-
ferra lui même , & tomba noyé dans fon
fang. Au défefpoir de cet événement affreux , qui avait eu plufieurs témoins, le
jeune homme courut chez fa maitreffe, lui
apprendre la trifte néceffité où il était de
fe féparer d'elle. Vivement frappée de ce
malheur imprévu, l'infortunée Demoifelle n'eut pas la force de foulager fa douleur par un torrent de larmes , elle expira
dans les bras de fon amant. Celui-ci aurait bien defiré que la mort l'eût réuni à
ce qu'il avait de plus cher ; mais une mort
ignominieufe révoltait juftement fon cœur ;
il était pourfuivi , il n'y avait pas un inftant à perdre ; il prit le mouchoir de cou
de fa maitreffe , comme le dernier gage
d'une tendreffe qui devait faire fa félicité,
& fe rendit promptement à Bruxelles. Arrivé dans cette ville , il y vécut dans la retraite , fuyant tous les plaifirs, ne fe livrant qu'aux fombres chagrins dont il

D 4

était dévoré. Un jeune homme , logé dans la même maison que lui , l'intéreffa par un air de mélancolie & de triftesse ; il se forma bientôt entre eux une amitié intime. Mais le généreux fugitif de Paris n'eut pas plutôt épuifé fa bourse en faveur de l'inconnu , qu'il ne le revit plus. Il n'aurait tenu qu'à lui de ne point éprouver l'indigence ; il pouvait revenir dars fa patrie , puifque fa grace était obtenue ; mais le féjour lui en était devenu odieux. Cependant, fa famille voyant qu'elle fefait en vain les plus vives inftances pour le rappeller , cessa de lui envoyer des fecours , afin de le forcer à fe rendre aux vœux de fes proches. Ce moyen occafionna la cataftrophe la plus malheureufe ; le jeune homme , indigné d'être fi infortuné dès le commencement de fa carrière , fe voyant trompé , abandonné par un ami, à la veille d'être avili par le manque d'argent , & fe remettant fans cesse devant les yeux l'image d'une maitresse adorée , dont il avait caufé la mort , forma la funefte réfolution de terminer fa vie. Le jour qu'il choifit pour le terme de fes peines , il parut d'une gaîté extrême ; après avoir dîné , il écrivit plufieurs lettres , & alla les mettre à la pofte ; enfuite il s'éloi-

gna de la ville d'environ une demi-lieue ,
& fe précipita dans le canal. On retira
fon cadavre , mais trop tard , pour le rendre à la vie. Jufqu'au dernier moment, il
conferva le fouvenir de fon fatal amour :
il avait attaché autour de fon cou le mouchoir de fa maitreffe.

IL faut avouer que notre Jurifprudence
criminelle eft fouvent bien barbare. Une
femme fut attachée au carcan , dans la
cour du Palais , pour avoir voulu faire
fauver fon amant de prifon.

UN Avocat , homme de beaucoup d'efprit , fefait la cour à une Demoifelle qu'il
fe propofait d'époufer , lorfqu'un Officier
fe déclara fon rival ; & croyant l'épouvanter , lui dit qu'il fallait fe battre en
duel , ou lui laiffer le champ libre. Mais
l'Avocat accepta le défi , & promit de fe
trouver à l'heure & à l'endroit convenus.
Il ne manqua pas de s'y rendre ; mais il
dit à fon adverfaire qu'il ignorait abfolument l'art de l'efcrime , & qu'il avait apporté deux piftolets tout chargés, dont il
lui donna le choix. Paraiffant fe piquer de

D 5

(82)

fentimens généreux, le Jurifconfulte dit
à fon rival de tirer le premier ; le Militaire cède à fes inftances, & voit tomber
à fes pieds l'homme qui excitait fa jaloufie. Alors il craint les pourfuites de la
Juftice, & fe hâte de prendre la pofte &
d'aller fe cacher dans le fond de fa province. Au bout de quelque tems, il
rencontre une perfonne de Paris qui allait fouvent dans la maifon de la Demoifelle, & qui lui demande quelle a pu
être la raifon de fon départ précipité ?
« Quoi, répond l'Officier, vous ne fa-
» vez pas mon affaire ? c'eft moi qui ai
» tué l'Avocat un tel. — Que dites-
» vous ! s'écrie l'autre, votre heureux
» rival fe porte à merveille ; il vient
» d'époufer votre ancienne maitreffe. C'eft
» donc à vous qu'il a joué le fingulier
» tour de feindre être bleffé à mort,
» afin de fe délivrer d'un concurrent trop
» dangereux » ? — Le Militaire fut d'a-
bord furieux d'avoir été pris pour dupe,
& finit par rire de la fupercherie : l'Avocat
lui avait préfenté deux piftolets chargés
feulement à poudre.

LE Lecteur fe fouvient peut-être que

dans le premier volume de ces *Aven-tures Parisiennes* (1), j'ai raconté la folie de cet Anglais, qui se fit couper une jambe, parce que sa maitresse en avait une beaucoup trop courte. Eh bien, quelque tems après qu'il se fut soumis à cette opération extraordinaire, il écrivit la lettre suivante à l'un de ses amis : — « Je » commence à croire, mon cher Cover- » ley, qu'il est quelquefois dangereux de » troubler directement l'ordre établi par » la Nature. On peut au moins pardon- » ner cette opinion aux malheureux. Il » est d'ailleurs certain qu'au moment où » je croyais, par la résolution que tu m'as » vu prendre, m'assurer un bonheur réel, » je préparais au contraire l'instrument de » ma ruine. Puissent les hommes trop » sensibles, en partageant mes regrets » & en respectant leurs semblables, » apprendre en même-tems à se respecter » eux-mêmes !

» Instruit par une lettre du Capitaine » Milson, oncle de ma femme, qu'il

(1) Page 10 - 11. Ce tome 1er se trouve chez M. Bastien, Libraire, rue du Petit-Lion, Faux-bourg Saint-Germain.

D 6

» devait paffer par Cambridge pour re-
» joindre fon régiment, elle m'engagea
» à partir la veille de Buckingham avec
» elle pour le furprendre. Notre entrevue
» devait être d'autant plus intéreffante,
» qu'indépendamment des liens du fang,
» la privation d'une jambe affimilait fon
» fort au nôtre, de manière que nous
» ne différions que par les caufes. Il
» avait perdu une jambe au fervice, ma
» femme par accident, & moi par une
» impulfion victorieufe de mes fens. Notre
» préfence allait le dédommager d'une
» ancienne cotterie de Londres, vulgai-
» rement appellée *la cotterie des jambes*
» *de bois*, dont il fut autrefois le Préfi-
» dent, & que l'on vit fe diffoudre en
» un feul jour par la vivacité de quel-
» ques Torris, qui s'échauffèrent telle-
» ment dans une difpute de parti, qu'à
» coups de jambes de bois ils fe firent
» d'étranges meurtriffures. Arrivés à Cam-
» bridge dans une auberge meublée à
» neuf, un affez bon repas, la fatigue
» du voyage & un bon lit, nous en-
» gagèrent à prendre le repos dont nous
» avions befoin. J'étais livré au plus pro-
» fond fommeil, lorfque des cris perçans
» & une épaiffe fumée me réveillant en

» furfaut, m'annoncèrent l'embrâfement
» de la maifon. Mon antichambre en
» feu & mes laquais en fuite, ne me
» laiffaient pour toute reffource que de
» courir aux fenétres, où mon Jocket, plus
» prévoyant, venait de me tendre une
» échelle. Ma femme était évanouie. J'a-
» juftai promptement ma jambe de bois
» pour defcendre plus fûrement, & ne
» voulant me fier qu'à moi-même, je
» chargeai fur mes épaules ce précieux
» fardeau ; mais l'infenfibilité de cette
» jambe me fit manquer un échelon,
» je fus renverfé en arrière; & me trou-
» vant fufpendu, il me fut auffi impof-
» fible de retenir ma femme que de tom-
» ber avec elle, ce qui était fans doute
» préférable aux fecours importuns qui
» m'obligèrent, pour ainfi dire, de lui
» furvivre. Voilà, mon cher Coverley,
» la fituation du plus malheureux des
» hommes ; elle prouvera à la poftérité
» que, dans l'état du mariage, la jouif-
» fance de tous nos membres & de toutes
» nos facultés, eft le bien le plus pré-
» cieux ; elle ouvrira en même-tems
» un vafte champ à mes réflexions fur la
» difficulté de trouver une feconde femme
» affez robufte, affez obligeante pour me

» rendre à son tour, en cas d'accident,
» le service devenu si fatal à ma pre-
» mière ».

❦

ROBERT, gagne-deniers, à force de
travailler jour & nuit, avait amassé une
somme de cent écus, qu'il se promettait de conserver avec grand soin. Là
possession de son trésor ne le rendait ni
plus fier, ni plus insensible aux peines
d'autrui. Il avait une ancienne connaissan-
ce; il alla la voir; il la trouva dans une
situation tout-à-fait triste; elle éprouvait
les infirmités de la vieillesse & tous les
maux de la misère; &, pour comble,
un créancier impitoyable allait la faire
traîner en prison pour une dette de trois-
cens livres qu'il lui était impossible d'ac-
quitter. Le bon Robert se laisse attendrir; il ne considère point que la somme
qu'il possède est son unique bien; il ne
songe qu'au plaisir d'essuyer les larmes
d'une infortunée. — « Tenez, (dit-il en
jetant son argent aux satellites qui se dispo-
saient à s'emparer de leur proie) » voilà
» ce qu'elle doit, laissez-la en liberté ».
En achevant ces mots, il tombe sur une
chaise & se met à pleurer. — « Vous

» pleurez, lui dit-on. — Oh! c'eſt de
» contentement, répondit-il; je ſuis ſi
» ſatisfait, ſi ſatisfait d'avoir empêché ma
» pauvre amie d'aller en priſon ! C'eſt
» tout ce que je poſſédais dans le monde;
» mais j'ai été ſi enchanté de le donner :
» qu'on eſt heureux de pouvoir obliger !
» les riches ont donc du plaiſir » ! — Peu
de tems après cette belle action, Robert
éprouve lui-même le beſoin; il va chez
ſa débitrice, lui expoſe ſa ſituation, &
la prie de rendre ce qu'il lui a ſi géné-
reuſement prêté. Elle lui fait des promeſſes, elle eſpérait les remplir; mais ſa
deſtinée ne s'adoucit point. Robert, laſſé
d'avoir accordé inutilement une infinité
de délais, ne voit que ſa propre infor-
tune, & ſe reproche ſon trop de ſenſibilité pour les maux d'autrui ; un huiſ-
ſier l'affermit dans ſa mauvaiſe humeur,
& obtient la permiſſion de pourſuivre la
malheureuſe débitrice, qui demande enfin à ſolder avec ſon créancier. — «Voilà,
» lui dit-elle, vos cent écus qui m'ont
» tant coûté à vous rendre ; du reſte, je
» vous devais, & j'avoue que vous m'a-
» vez obligée: c'eſt mon malheur qu'il
» faut accuſer». — Tandis qu'elle pro-

nonçait ces mots entrecoupés par des larmes, l'honnête Robert s'apperçoit que la chambre était entièrement démeublée ; à peine restait-il à cette infortunée une paillasse pour se coucher. Se sentant ému malgré lui, il prend son argent & s'empresse de quitter cet asile de la misère. Mais il a beau faire, l'image de cette pauvre femme qui avait tout vendu pour le payer, déchirait son âme. — « O ciel ! » s'écrie-t-il enfin, qu'ai-je fait ? cette » malheureuse est accablée de pauvreté » & de vieillesse; la voilà sans ressource ! » & moi je suis jeune, j'ai de la santé, » & je l'ai privée de tout....... Je me » fais horreur ». — Il se hâte de remonter l'escalier, s'élance dans la chambre : « Ma pauvre amie, pardonnez-moi , re- » prenez ces cent écus, je vous prie, » & qu'il n'en soit plus question. Je suis » encore moins à plaindre que vous; si » j'en avais cru mon cœur, je ne vous » aurais pas causé ce chagrin ». — La bonne femme, touchée de ce procédé, veut combattre de générosité. — « Non, » lui dit-il, quelque besoin que j'éprouve, » il ne me fera pas autant souffrir que si je » retenais cette somme : une autrefois je me

» garderai bien de fuivre les confeils des
» huiffiers, c'eft moi feul que je confult-
» terai ».

UN homme racontait qu'il avait reçu
un foufflet furieux. — « Cela eut des
» fuites, lui dit-on ? — Comment, des
» fuites ? répondit-il..... ma joue enfla
» prodigieufement ».

EPRIS de l'amour le plus tendre pour
une jolie perfonne qu'il avait époufée,
mais qui était d'une coquetterie extrême,
un clerc de Notaire fe livra à toutes les
fureurs de la jaloufie. Sa jeune époufe
fut obligée de le quitter & de fe retirer
auprès d'un oncle dont elle était chérie.
Au défefpoir de cette féparation, ne
pouvant vivre fans l'objet de fa tendreffe,
& ne pouvant foutenir l'idée qu'un autre
aurait peut-être le bonheur de plaire
à ce qu'il adorait, il lui fit dire qu'il
avait quelque chofe de la dernière importance à lui communiquer au Luxem-
bourg. La Dame s'y rendit, accompagnée
de fon oncle. Auffi-tôt qu'il l'apperçut,
il s'approcha d'elle d'un air égaré : —
« Puifque tu m'es ravie, s'écria-t-il, &

» que je ne te posséderai plus , meurs
» de ma main ».   A ces mots il lui
tire un coup de piſtolet , & la Dame ,
quoique bleſſée légèrement , tombe ſans
connaiſſance. Il croit l'avoir tuée ; alors
ſa tendreſſe ſe réveille ; & ne voulant
pas ſurvivre à l'épouſe adorée dont un
mouvement de fureur l'a rendu l'aſſaſſin ,
il ſe donne pluſieurs coups de couteau ,
& expire ſur le champ.

Un homme ivre , rentrant chez lui ,
ne trouva pas ſon ſouper prêt : auſſi-tôt
grand bruit dans le ménage ; des injures
on en vint aux coups ; & l'ivrogne pouſ-
ſant trop rudement ſa moitié peu endu-
rante , la jeta du haut en bas d'un eſ-
calier. Les voiſins accoururent , & con-
ſeillèrent au mari de ſe ſauver bien vîte :
« Eh quoi ! leur dit-il , eſt-ce qu'on eſt
» puni pour avoir tué une méchante
» femme » ?

Certain jeune Marquis , las de voler
de conquête en conquête , voulut faire
une fin , & ſe maria. En ſortant de l'é-
gliſe , ſa nouvelle épouſe lui dit , qu'elle

espérait qu'il était revenu de toutes ses erreurs, & qu'il serait sage désormais. « Oui, Madame, lui répondit-il, je vous » assure que voilà la dernière sottise que je » ferai ».

On a vu à Paris un homme qui avait une façon de penser tout-à-fait singulière. Il s'imagina qu'il lui serait possible de voler dans les airs comme les oiseaux ; il fabriqua des aîles pour lui & son valet-de-chambre ; & s'élançant du haut d'un balcon, il se cassa une jambe. Malgré toutes ses instances, le valet-de-chambre avait refusé de commencer le premier l'expérience, en alléguant qu'un domestique doit céder le pas à son maître.

Il était à l'Opéra, lorsqu'on vint l'avertir que le feu avait pris chez lui ; sans se troubler & sans vouloir quitter le Spectacle, il dit froidement : — « Je ne suis » pas fait pour garder ma maison ». Mais ce trait ressemble à-peu-près à celui de ce Savant qui, apprenant que le feu était dans son logis, tandis qu'il était occupé de quelque grave production : — « Avertissez ma femme, s'écria-t-il ; je ne me » mêle pas des affaires du ménage ».

Revenons à l'original dont on s'eſt long-tems amuſé dans cette Capitale. Un de ſes chevaux ayant tué d'un coup de pied ſon palfrenier , il fit pendre dans l'écurie l'animal trop fougueux , lié à de fortes ſangles , l'y laiſſa juſqu'à ce qu'il fût entièrement corrompu , afin , diſait-il , de ſervir d'exemple aux autres.

Lorſque cet original donnait à dîner , ſes convives n'avaient point de ſerviette ; mais il leur était libre d'en couper à une pièce de toile qui était dans la ſalle à manger.

On remarque ſouvent dans les inſcriptions des fautes d'orthographe fort bizarres. Le maître d'un bain ſur la rivière, au bas du Quai Dauphin , voulant annoncer que pluſieurs perſonnes & une ſeule pouvaient également s'y baigner, y fit placer à l'extérieur un écriteau ainſi conçu : *Bain des Dames publiques & particulières.*

A propos de bain : feu M. Duclos , de l'Académie Françaiſe , était à ſe baigner dans la Seine , non loin de l'aſile agréable

& commode, où Poitevin fournit aux Dames le moyen de rafraîchir leurs attraits. Une jolie femme arrive dans une voiture élégante; le cocher n'apperçoit pas un trou près du rivage, la roue tombe dedans, le carroffe verfe, & voilà la petite maitreffe & fes grands laquais étendus dans la boue. Duclos fort de l'eau tout nud & accourt à la jeune Dame, un peu déconcertée de l'état où fe trouve l'officieux cavalier : — « Mille pardons, Madame, (lui dit-il en lui préfentant la main) » excufez mon incivilité de n'avoir point de gants ».

UNE Demoifelle était deftinée par fa mère à époufer un homme qu'elle aimait; mais fon père, marin franc & brufque, après s'être fignalé contre les Anglais, vint détruire le bonheur dont elle fe flattait de jouir; il arriva avec un de fes amis, auquel il avait auffi promis fa fille. En le préfentant à la jeune perfonne, il lui dit : —— « Tu as vingt ans, il te faut » un mari; en voici un que tu épouferas » Mardi prochain, parce qu'il faut que » nous partions enfemble Jeudi ». — Le ton impérieux du père jeta la confternation dans la famille, qui se crut obligée d'obéir. Le jour des noces arrive ; les futurs vont à l'église ; l'amoureux s'y était aussi rendu, & pleurait dans un coin. La jeune fille, au-lieu de répondre *oui* au Curé, lui dit naïvement : — « J'aimerais » mieux l'autre ». —— Le père accourt en colère, & demande où est cet autre ; on le lui montre, il va à lui, le prend brusquement par la main, le conduit à sa fille, & consent qu'on les marie.

M. de ***, ancien Officier de Marine, retiré dans un Fauxbourg de cette Capitale avec sa femme & ses enfans, avait chez lui en pension une Demoiselle d'une naissance égale à la sienne, âgée d'environ quarante ans. Cet Officier ayant eu quelques démêlés avec cette Demoiselle, défendit à ses gens de mettre son couvert à table. Lorsqu'elle descendit pour y prendre place, & qu'elle s'apperçut de l'affront qu'on lui fesait, elle monta avec beaucoup de sang-froid dans le cabinet de M. de ***, y prit deux pistolets, & vint lui proposer de se battre ; mais n'ayant pu le déterminer à lui donner satisfaction, après l'avoir menacé de lui casser la tête, s'il persistait dans son refus, elle lui lâcha son coup : heureusement que la bale porta légèrement à la gorge. A peine s'était-elle livrée à ce mouvement de fureur, qu'elle en fut au désespoir, & voulut se tuer avec l'autre pistolet ; mais la bale ne fit qu'effleurer ses cheveux.

UNE bonne femme dit un jour à sa voisine : —— « J'ai reçu une lettre de » mon mari ; il est embarqué sur la flotte : » les Anglais n'ont qu'à se bien tenir, » car il leur en veut furieusement ».

LES Ouvriers & les Artisans ne manquent guères d'aller Fête & Dimanche, & tous les Lundi, s'enivrer à la Courtille. Un ivrogne, encore à jeun, appercevant un de ses confrères qui, pour cuver les fumées du gros vin qu'il avait amplement bu, ronflait contre une borne, le contempla quelques instans plongé dans un profond silence, & puis s'écria : « Voilà pourtant comme je serai Diman-» che » !

LE Roi a fait venir de l'Arabie plufieurs excellens chevaux. On prétend
qu'il arriva une plaifante aventure à l'une
des perfonnes que Sa Majefté chargea de
cette commiffion, dont l'heureux fuccès
fera fi utile aux Haras du Royaume. Cette
perfonne, très-curieufe de tous les objets
concernant l'hiftoire naturelle, apporta
du Caire une belle momie. Une partie
de ce qu'il avait de plus précieux étant
venu par la diligence de Lion, il alla
les retirer; mais il oublia la boîte qui
renfermait la momie. Les Commis de
la Douane l'ouvrirent; & crurent y voir
un jeune homme étouffé par quelque fcélérat. Auffi-tôt ils firent venir un Com-
miffaire affifté d'un Chirurgien, qui n'é-
tant guères plus favant que les Commis,
s'imaginèrent être témoins d'un délit affreux; ils dreffèrent leur procès-verbal;
& les formalités de la Juftice étant remplies, le prétendu affaffiné fut tranfporté
à la *Morne* (1). Cependant, l'amateur
d'hiftoire naturelle vint réclamer l'effet

(1) Lieu où l'on expofe à Paris les cadavres
qu'on trouve quelquefois dans les rues ou
dans la rivière.

qu'il

qu'il avait égaré ; il fut bien furpris d'apprendre l'aventure de fa momie : comme les parens du mort n'exiftaient point depuis plus de deux-mille ans, elle lui fut rendue fans difficulté ; mais non fans donner lieu de rire de l'étrange procès criminel qu'elle avait occafionné.

Un riche particulier fe promenant aux Tuileries avec quelques amis , fut abordé par un homme qui vivait aux dépens des gens fimples, & qui ne fe trompa point à la phifionomie de celui-ci, beaucoup plus crédule encore qu'il ne le paraiffait. Le rufé perfonnage dit à l'idiot, qu'il avait quelque chofe de très-important à lui dire à l'écart ; & l'ayant entraîné dans une allée voifine , il l'affura qu'il lifait dans les aftres comme dans l'alphabet; que le paffé lui était auffi connu que le préfent, & qu'il avait diftingué fur les traits du vifage de celui à qui il parlait, des chofes fi avantageufes, qu'il avait cru ne pouvoir fe difpenfer de lui en faire part. Le crédule richard donne tête baiffée dans le piége qu'on lui tendait , laiffe examiner fes mains, fe prête à toutes les autres

II. Part.   E

ſimagrées miſes en uſage par cette eſpèce
de charlatans. Pour prix de ſa patience
& de ſa bonhommie, on lui prédit une
longue ſuite de félicités. Charmé de l'a-
venir heureux qu'on lui annonce, il ſe
diſpoſe à rejoindre ſa compagnie, & met
un écu de trois livres dans la main du
faux prophète. Indigné de recevoir une
ſi légère récompenſe, le prétendu devin
rappelle ſa dupe, & dit qu'il lui a caché
un événement moins fortuné que les autres ; mais que, toute réflexion faite, il
va l'en informer, afin qu'il y remédie,
s'il eſt poſſible. Alors il le menace de
trois accès de convulſions à trois époques
différentes, voiſines les unes des autres,
& dont la dernière ſera ſi terrible, qu'il
eſt fort incertain que le malade puiſſe en
réchapper. — « Mais, ajouta t-il, ſi vous
» avez le bonheur d'en revenir, attendez-
» vous à la deſtinée la plus brillante ». A
ces mots il quitta ſon homme, & s'éloi-
gna ſi vîte, qu'on le perdit bientôt de
vue. Frappé comme d'un coup de foudre,
l'homme trop crédule rejoignit ſes amis,
auxquels il répéta tout ce qu'on venait
de lui dire ; ils s'efforcèrent en vain de le
raſſurer. Il rentra chez lui plongé dans

une sombre tristesse ; & son imagination
devenant chaque jour plus malade, il eut
successivement trois accès de convulsions.
Le dernier fut si considérable, qu'il fallut
appeller des Médecins, qui ne surent comment remédier à ce genre de maladie. Enfin
l'un deux voyant tous leurs soins inutiles,
montra qu'en certain cas, l'habileté ne
consiste point à donner des ordonnances
& à marcher sur les traces d'Esculape &
d'Hipocrate, mais à saisir le faible, & sur-
tout à guérir l'imagination de ceux qui
ont recours à leur art illusoire. Ce Docteur rempli d'esprit, tout-à-la-fois savant
Médecin & homme de bonne compagnie ;
l'espoir des malades par ses cures merveil-
leuses, & le délice des gens en parfaite
santé, par son enjoûment & le charme de
sa conversation ; cet aimable Docteur
prend tout l'acoûtrement d'un Magicien
de Comédie, une longue robe bordée
d'hiérogliphes, une grande barbe, un
bonnet pointu, & tenant une baguette à
la main, il se présente tout-à-coup aux
yeux de l'hipocondriaque. — « Je viens
» vous rendre à la vie, (lui dit-il en gros-
fissant sa voix le plus qu'il lui est possible)
» mon art m'a appris le triste état où

» vous êtes réduit. Examinons s'il n'y
» a pas moyen de changer quelque chose
» à la deſtinée qui vous menace ». — Il
feint de conſidérer attentivement la main
du moribon, & s'écrie qu'il voit la vérité
de tout ce qu'on a prédit, mais que les
dernières convulſions ne doivent point
être mortelles. Afin de s'aſſurer davantage de la réalité de ce qu'il annonce,
il paraît conſulter les aſtres, tracer différentes figures ; & ſes obſervations ne
manquent pas de ſe trouver d'accord avec
ce qu'il vient de dire. Pour ſeconder les
décrets du ciel , il preſcrit quelques remè-
des ſimples ; peu-à-peu l'hipocondre ſort
de ſa funeſte prévention , & ſe rétablit
entièrement.

TRÈS-FATIGUÉ à force de gliſſer ſur le
mauvais pavé de cette Capitale, & ſe
trouvant d'ailleurs fort éloigné de ſa demeure, le Chevalier de C*** rencontrant
M. B***, fameux Dentiſte, mollement
aſſis dans ſon carroſſe, cria au cocher
d'arrêter, attendu qu'il avait un grand
mal de dents. — « La douleur que j'é-
» prouve eſt ſi vive, dit-il enſuite au

» maître, que les forces me manquent,
» & je suis prêt à m'évanouir. Si vous re-
» tournez chez vous, donnez - moi une
» place dans votre carroffe, afin de m'y
» conduire bien promptement». — Le
Chirurgien, touché de compaffion, & dans
l'efpoir d'être récompenfé, fait affeoir à
côté de lui le prétendu malade, & donne
ordre à fon cocher de retourner au logis,
& de redoubler de vîteffe. Ils étaient
dans le Fauxbourg Saint-Antoine, & le
Dentifte demeure près du Palais-Royal.
Le Chevalier de C***, defcendant lefte-
ment de voiture, dit en riant à l'opulent
Dentifte : — « Mille remercîmens, Mon-
» fieur, de votre complaifance ; le plaifir
» de votre compagnie & celui de me
» trouver tout de fuite dans un quartier
» où m'appelle une affaire preffée, me
» guérit de tous mes maux ». — Et il
s'échappa avec la rapidité de l'éclair.

Un Cordonnier, traverfant un foir le
cimetière des Innocens, à l'heure où l'on
ferme les portes de cette lugubre enceinte,
tomba dans une foffe qu'on avait laiffée

ouverte (1) : apparemment que fa chûte
fut affez rude pour lui ôter la connaiffance ; il y paffa la nuit, & fut trouvé mort
le lendemain.

A la première repréfentation de *Ga-*
brielle de Vergi , Tragédie de du Belloi ,
le dénoûment fit une telle impreffion
d'horreur, que plufieurs femmes fe trouvèrent mal, & que d'autres fortant de
leur place, fe jetèrent en foule dans la
loge du fieur Raymond, Comédien , c'eft-
à-dire dans l'endroit où il s'habillait,
afin d'y chercher des eaux fpiritueufes.

(1) Suivant l'ufage , & cet ufage fait frémir
l'humanité, on y entaffe les corps morts jufqu'à ce que le cloaque foit plein, & alors on
ouvre à côté un nouveau dépôt. Ces foffes
ont quinze ou vingt pieds de profondeur.
Qu'on juge quelle maffe de putréfaction forme une pile de cadavres de cette épaiffeur.
Si , en fupprimant les cimetières & les caveaux
des églifes, on ne réforme pas tous les foyers
peftilenciels dans le refte de Paris, au moins
ferait-il de la fageffe du Gouvernement de
s'occuper de celui-là.

Le jour de la feconde repréfentation de
cette Pièce, un plaifant fit inférer dans
le *Journal de Paris* la lettre fuivante :
« Je vous prie, Meffieurs, de vouloir
» bien donner avis aux Dames, que la
» loge de M. Raymond, dans laquelle
» elles s'étaient jetées Samedi dernier, &
» où il ne s'était trouvé qu'une légère
» provifion d'eau de Cologne, fera pour-
» vue de toutes les eaux fpiritueufes,
» de tous les fels qui peuvent convenir
» aux divers genres d'évanouiffement. Ainfi
» les dames peuvent compter fur toutes
» les commodités dont on a befoin pour fe
» trouver mal ».

QUELQUE tems avant qu'on jouât
cette Tragédie, un particulier, défefpéré
que les Comédiens Français euffent refufé
une Pièce dont il était Auteur, s'avifa,
étant placé à l'Orcheftre, d'interrompre
un jour le Spectacle, en s'écriant : ——
« C'eft au Public qu'appartient le droit
» d'admettre ou de rejeter les Drames
» nouveaux. Oui, Meffieurs, continua-
» t-il en adreffant la parole au Parterre,
» les Acteurs ont ofé vous enlever le plus

E 4

» beau de vos droits. Je me plains de-
» vant vous, non-feulement de l'étrange
» procédé des Comédiens, mais encore
» de la manière d'agir de l'un d'eux à
» mon égard. Si vous daignez demander
» que ma pièce foit jouée, vous verrez
» par vous-mêmes, Meffieurs, que je ne
» méritais point les injuftices de la Troupe
» en général, & la mauvaife foi d'un de
» fes membres en particulier ». —— Je ne
me fouviens plus du titre de fa Pièce,
qu'il fit connaître ; mais peu importe.
Cette efcapade ne produifit d'autre effet,
que d'exciter beaucoup de rumeur dans
le Parterre, d'où s'élevèrent quelques voix
qui demandaient la repréfentation du
Drame dont il s'agiffait ; mais cette dif-
pofition favorable n'empêcha pas l'Officier de Garde d'arrêter le malheureux
Orateur, que fa famille, à ce qu'on affure,
fit renfermer à Charenton, fous prétexte
de démence.

LE fameux Carlin, qui, depuis un fi
grand nombre d'années, joue avec tant
d'applaudiffemens le rôle d'Arlequin, fut
invité par un de fes amis à manger à

table d'hôtes , & se trouva placé par hasard vis-à-vis d'un homme qui ne s'occupait qu'à manger & ne se mêlait en rien de la conversation , quelque intéressante qu'elle put être. Carlin , étonné du silence que gardait cet homme , quoique la conversation fût très-gaie, prit un verre de vin , & en s'inclinant d'un air riant & gracieux , dit tout haut à ce taciturne : « Monsieur , il semble que vous n'ayez » guères d'esprit ». —— Toute la compagnie éclata de rire , lorsque celui à qui Carlin s'était adressé répondit fort civilement : — « Monsieur , vous me faites beau- » coup d'honneur ». —— C'était un sourd , qui , n'ayant point entendu le propos de l'aimable Acteur , s'était imaginé qu'il buvait à sa santé.

Un particulier venait de faire l'acquisition d'une maison de campagne ; il y mena M. Clément, surnommé l'Inclément, à cause de ses Satires & de ses Critiques littéraires trop souvent injustes. Après lui avoir fait tout examiner , ce particulier demanda à M. Clément, ce qu'il trouvait à redire à son logement & à son jardin :

« — Je trouve le tout très-bien, répondît
» l'Aristarque ; je ne critique que cette
» montagne qui offusque la vue. — Je
» voudrais bien, répartit le maître de la
» maison, que votre critique emportât
» la pièce ».

LORSQUE l'Académie Françaife eut
couronné les Ditirambes faits à la louange
de Voltaire, & que plufieurs perfonnes
attribuaient à M. de la Harpe, quelques
Colporteurs diftribuèrent fur le Pont-
Neuf un petit imprimé contenant la mauvaife plaifanterie fuivante : — « NOUVEAUX
» BONNETS DITIRAMBES. Ces bonnets
» font fort plats, quoiqu'avec beaucoup
» de prétention, ce qui les rend très-
» commodes & très-avantageux en voi-
» ture. Ils fe trouvent place du Louvre,
» près de la rue Froimenteau, chez Madame
» *Harpulas*, Marchande de Modes, au
» Mercure Galant ».

IL y avait dans cette Capitale un homme
rempli d'efprit, fefant les délices des meil-

leures Sociétés, & qui , en s'intéreſſant dans diverſes entrepriſes , était parvenu à s'aſſurer dix - mille livres de rente ; cet homme s'étant trouvé malheureuſement compromis dans un procès , ſe crut perdu de réputation ; ſon extrême ſenſibilité pour l'honneur , lui inſpira le funeſte deſſein de ne point ſurvivre à ce qu'il regardait comme une honte ineffaçable. Il aurait pu recourir à ſes amis , au zèle de ſes nombreux protecteurs , qui ſeraient facilement parvenus à diſſiper le ſujet de ſes peines ; il pouvait demander une réviſion du procès en ce qui le concernait , ou ſe retirer du moins en Province , où il aurait vécu agréablement avec ſa fortune & ſon mérite. Mais, trop fier pour ſupporter le moindre affront , il réſolut de mourir. Il alla aux fameux bains de Poitevin , & à peine s'y fut-il renfermé , qu'il s'ouvrit les veines avec un raſoir , afin ſans doute de perdre la vie comme Sénéque ; mais la lenteur de ce genre de mort lui feſant craindre d'être ſecouru , il ſe caſſa la tête d'un coup de piſtolet. On accourut au bruit , & on le trouva qui rendait le dernier ſoupir.

E 6

UNE femme trahie par fon amant, l'invita à déjeûner ; dès qu'il eut pris une taffe de chocolat, elle lui déclara que, défefpérée de fon infidélité , elle s'était décidée à s'empoifonner & à le faire périr avec elle , en empoifonnant ce qui leur avait été fervi à déjeûner. L'in-conftant fut faifi d'une telle frayeur , que peu s'en fallut qu'il ne mourut fur le champ. Quand la Dame délaiffée eut bien joui de fon trouble & de fes crain-tes , elle lui apprit qu'elle n'avait voulu que fe divertir à fes dépens, & le ran-voya charmé d'en être quitte pour la peur.

LE Dimanche 16 Mai 1779 , pendant qu'on célébrait la grand'meffe dans l'églife de Sainte-Géneviève, un particulier monta jufqu'au bout d'une échelle prodigieufe-ment haute ; là il tint des difcours qui annonçaient l'aliénation de fon efprit, & l'excès du défefpoir ; enfuite il s'écria qu'il fe recommandait à Sainte-Géneviève, & fe précipitant en bas, il fe brifa la tête contre le pavé de l'églife.

Un bon Bourgeois de Paris devant
faire un petit voyage à Saint-Germain,
sa femme, aussi coquette que jolie, s'ef-
força de l'en détourner, & lui dit, pour
rendre ses instances plus persuasives,
qu'elle avait un pressentiment qu'il serait
assassiné en route. Alarmé des vives appré-
hensions de sa chère épouse, quoiqu'il n'y
ajoutât pas beaucoup de foi, le Bourgeois
crut devoir en faire part à M. le Lieutenant-Général de Police, dont les soins
infatigables veillent sans cesse à la sûreté
de tous les Citoyens. Ce Magistrat crut
appercevoir quelque mistère dans les crain-
tes de la femme ; mais sans en rien témoigner, il dit au particulier de partir
hardiment pour Saint-Germain, & qu'il
répondait de sa vie. Cet homme était à
peine à moitié chemin, dans un lieu écarté, que trois scélérats l'arrêtent & se
disposent à le tuer ; mais plusieurs sol-
dats de la Garde de Paris paraissent aussi-
tôt, & se saisissent des assassins. Les in-
terrogatoires qu'on leur fit subir décou-
vrirent que l'épouse les avait appostés
pour se défaire de son mari, qu'elle
voulut ensuite sauver, excitée par la voix
du remords.

M. Scherlock , jeune Anglais rempli
de mérite, a publié en notre langue des
Lettres qui ont eu le plus grand succès.
Il raconte qu'il vit un Seigneur Russe
qui s'en retournait fort triftement dans
fon pays , & qui lui fit part en ces termes
des aventures qu'il avait eues dans la
Capitale de la France : — « Ma première
» maitreffe fit ma conquête à un bal maf-
» qué dix jours après mon arrivée, & elle
» me vainquit par un feul mot, *vous êtes
» charmant*. J'avais alors dix-neuf ans ;
» elle était jolie, & c'était la première
» fois de ma vie qu'une femme m'avait
» dit ce mot. Quand un homme dit une
» fois à une femme honnête, *je vous aime*,
» le diable le lui répète cent fois : le diable
» me répéta mille fois à l'oreille que j'étais
» charmant ; & fur cette douce perfuafion,
» je devins éperdûment amoureux. Mais
» je quittai cette femme peu de tems
» après ; car outre qu'elle était très-fotte
» & très-ennuyeufe , je fentis la néceffité
» de fortir de fes mains pour me mettre
» dans celles d'un Chirurgien. Quand je
» fus répandu dans le monde, je racontai
» le fuccès de cette bonne-fortune, &
» l'on me confola, en me difant , qu'outre

» que j'avais été platement dupe, je m'étais
» déshonoré en m'attachant à une femme
» qui n'appartenait à aucun Spectacle. Je
» me décidai à réparer bientôt ce tort,
» & je me liai fort avec une Danfeufe de
» l'Opéra. C'était la plus jolie jambe de
» Paris, une bouillante Provençale, vive,
» gaie, & fefant des cabrioles depuis le
» matin jufqu'au foir. Elle était fi exigean-
» te, je veux dire de louis d'or, qu'elle
» me rappella fouvent le mot du Maré-
» chal de Villars à Louis XIV ; il ne lui
» fallait que trois chofes, de l'argent, de
» l'argent, de l'argent. Ses caprices ne
» finiffaient jamais, & entr'autres, je com-
» mençai à foupçonner qu'elle en avait
» un pour mon valet-de-chambre ; mais
» elle me guérit bientôt de cette jaloufie ;
» car un foir en entrant chez elle, je la
» trouvai dans les bras d'un jeune Officier
» Français. J'en demandai fur le champ
» raifon au galant Militaire, & il me don-
» na un coup d'épée, qui me mit dans les
» mains d'un autre Chirurgien pendant
» trois mois. Je rentrai dans le beau
» monde avec la ferme réfolution d'être
» fage à l'avenir. On m'affurait que je me
» formais étonnamment ; que je brillerais

» beaucoup à mon retour dans mon pays,
» qu'il n'y avoit point de roses sans épines.
» Ah ! pourquoi n'avais-je pas un ami,
» pour me dire que les roses se flétriffent,
» & que les épines reftent ! Me trouvant
» toujours au foyer de l'Opéra, je fuc-
» combai encore à la tentation, & je pris
» une troifième maitreffe. Pour mon mal-
» heur, elle chantait comme un Ange.
» Si l'autre avait la jambe fine, celle-ci
» avait les bras parfaits, & je penfais
» mourir de plaifir quand elle les déployait
» pour m'embraffer en chantant :

    » O toi, le feul objet que mon cœur ait au
        » monde !

    » C'était à la fois une Sirène & une
» Circé ; elle avait un œil mourant,
» une belle peau, une douceur enchan-
» tereffe, & un air d'honnêteté qui aurait
» trompé Uliffe. Sa mère avait été Dan-
» feufe ; & Mademoifelle était née dans
» les couliffes ; & depuis fon enfance, elle
» avait appris à danfer & à chanter, à re-
» cevoir les amis de fa maman & à affifter
» à leurs foupés. Elle avait tout pour elle,
» naiffance, éducation, exemples, pré-

» ceptes, expérience, & j'étais dans ma
» vingtième année. Comme elle avait fait
» des études fuivies, elle s'appliquait
» férieufement à me ruiner. Le comble
» de l'art eft de cacher l'art même, & elle
» avait atteint ce dernier degré de per-
» fection. Toutes fes fineffes étaient im-
» perceptibles, & ce n'eft qu'en y réflé-
» chiffant dans ma trifte retraite depuis
» huit mois, que je les ai démêlées. Elle
» voyait que j'étais défiant, & elle ne me
» loua jamais. Avais-je l'air de vouloir
» dire un bon mot, elle n'y applaudiffait
» que par un doux fourire, qui donnait
» du brillant à fon œil, & la fefait paraître
» à la fois belle & fincère. Tous mes
» goûts étaient confultés & prévenus.
» C'était toujours de la gaîté, de l'agré-
» ment, de la variété; les Spectacles,
» des foupés de filles & de beaux efprits,
» des concerts, du jeu. La mère ne ceffait
» de faire un éloge journalier du mérite
» de fa fille, ni d'affaifonner fon pané-
» girique des épigrammes les plus fan-
» glantes contre fes fœurs de l'Opéra.
» Ma Sophie, difait-elle, ne reffemble
» pas à ces malheureufes que vous voyez,
» qui font toutes des trompeufes, des

» intéreſſées, des perfides ; elle eſt douce
» & ſage, &, Dieu merci, élevée dans
» les bons principes. — Je ſuis perſuadé
» qu'elle était ſage, car elle avait bien
» l'eſprit du métier, & ne penſait uni-
» quement qu'à faire fortune. J'avais déja
» fait des dettes, je n'oſai plus demander
» de l'argent à mon père, qui ſe plaignait
» de ma dépenſe, & me menaçait de ne
» m'en plus envoyer. Je dis cela un jour
» à mon amie. — Qu'eſt-ce que cela fait,
» me repondit-elle? j'en ai aſſez pour
» vous & pour moi; — & en diſant ces
» mots, elle courut à ſon ſecrétaire, & elle
» en tira une bourſe de cent louis, qu'elle
» me mit entre les mains, en me donnant
» un baiſer. Elle me chanta enſuite ces
» deux vers:

» Travaillons, travaillons gaîment,
» Et l'amour tiendra lieu d'argent.

» Elle mit dans ſon chant tant d'ex-
» preſſion, qu'elle me fit éprouver un
» ſentiment délicieux, & que ces deux
» vers me parurent renfermer un ſens
» très-raiſonnable. En conſéquence, je
» ne penſai plus ni à mon père, ni à mes

» créanciers. La Provençale me ruinait,
» sans penser à autre chose qu'à ses plaisirs.
» Je crois l'avoir déja dit, elle était sans
» caprices & n'avait qu'une passion déci-
» dée, c'était l'avarice. Je lui donnais
» volontiers, parce qu'elle ne demandait
» jamais rien, mais laissait tout paraître
» l'effet de ma libéralité. Sa mère, il est
» vrai, louait beaucoup la générosité;
» elle avait même réduit les quatre vertus
» Cardinales à celle-là seule; & au com-
» mencement de l'année, elle me prouva
» que je devais donner à sa fille une
» rivière de diamans pour ses étrennes.
» La proposition me parut forte; il était
» question de trente-mille francs. Mi-
» lord***, me disait-elle, en avait donné
» une à sa maitresse, qui lui fesait trois ou
» quatre infidélités par jour. Certain Baron
» Allemand que je connaissais, ajouta-
» t-elle, en avait aussi commandé une pour
» la sienne, quoique ce fut une créature
» sans sentimens, mais qui méritait ce-
» pendant d'être payée par son entrete-
» neur, attendu qu'il l'excédait d'ennui;
» elle finit par me faire sentir qu'il y allait
» de la gloire de la Russie. Je ne pus me
» défendre contre ce dernier argument,

» je donnais le collier, ou plutôt ce fut
» le marchand qui lui en fit préfent,
» puifque j'oubliai de le payer. Je con-
» tinuais à travailler gaîment, felon la
» maxime de ma tendre amante, quand
» mon père, ne pouvant plus foutenir
» mes extravagances, ceffa de m'envoyer
» de l'argent ; & quand il fut avéré que
» je n'avais plus de reffource, alors le
» mafque tomba, la fille refta, & la Circé
» devint une Mégère. Après une fcène
» violente, elle me ferma la porte au
» nez. Pour fe débarraffer de moi, elle
» confeilla au Jouaillier qui avait fourni
» le collier de diamans, de me faire
» mettre en prifon ; & je viens de fortir
» du Fort-l'Evêque, où j'ai refté huit
» mois. Maintenant dépouillé de tout,
» comme fi j'étais tombé entre les mains
» des voleurs, ruiné, abîmé, je retourne
» dans ma patrie, où je ferai pénitence
» de mes folles prodigalités ».

RENDUE trop crédule par l'amour
qu'elle éprouvait, une jeune fille eut la
faibleffe d'avoir trop de bonté pour fon

amant; il en réfulta qu'un témoin indif-
cret menaça de venir découvrir le miftère.
Se repentant alors de fa complaifance &
de fa fenfibilité, la jeune perfonne fe
trouva dans l'embarras le plus cruel. Après
avoir répandu bien des larmes & formé
plufieurs projets auffi-tôt détruits qu'i-
maginés, elle fe vit dans la dure néceffité
de choifir fa mère pour confidente. Cette
tendre mère ne s'emporta point en reproches devenus inutiles; elle toucha bien
mieux fa fille & lui fit fentir davantage
le prix de la vertu, en lui prodiguant de
nouveau les plus vives careffes, en fe
montrant très-fenfible à l'état où fa faute
l'avait réduit. Cette femme eftimable feignit d'être enceinte, & obtint de fon
mari la permiffion d'aller paffer quelque
tems à la campagne, afin d'y faire fes
couches plus tranquilement. Elle amena
fa fille avec elle, qui devint mère fans
être foupçonnée, & eut la fatisfaction de
voir élever fous fes yeux l'enfant qu'elle
mit au monde. Ainfi fon honneur fut
confervé, grace à l'innocent ftratagême de
la meilleure des mères; il lui fut poffible,
par une bonne conduite, de réparer la
faute que trop d'amour lui avait fait com-
mettre.

ON a vu à Paris un homme, jadis fort
riche, se trouver réduit à mendier, parce
qu'il avait vécu plus qu'il ne pensait.
Maître de son bien, qui consistait en
beaucoup d'argent comptant, il fit en lui-
même ce raisonnement singulier: — « J'ai
» vingt-cinq ans; j'en puis vivre encore
» cinquante: distribuons donc mon argent
» en cinquante parties égales; j'en serai
» plus riche, & je n'aurai point à courir
» les risques auxquels je serais exposé si
» je le plaçais ». — Il suivit ce plan peu
réfléchi; & lorsqu'il eut atteint sa soi-
xante-seizième année, il se trouva réduit
à la mendicité.

DEUX jeunes Demoiselles, de bonne
famille, & pensionnaires dans une Abbaye
de Paris, après avoir été amies intimes,
se brouillèrent en apprenant le Blason,
chacune d'elles soutenant que sa maison
était plus ancienne que celle de sa compagne. La querelle devint si vive, qu'elles
résolurent de se battre en duel. Pour effec-
tuer leur dessein, elles se rendirent dans
un endroit écarté du jardin de leur cou-

vent ; & s'attaquant avec fureur à coups
de couteau , elles fe firent des bleffures
confidérables. C'eft ainfi qu'elles furent
les victimes de la funefte éducation qu'on
donne à prefque tous les enfans de qualité. On trouva ces deux victimes de
l'orgueil étendues fur le champ de bataille,
& noyées dans leur fang.

UN jeune homme avait époufé depuis
quelques années une Demoifelle qui , par
fa figure charmante & fon air de douceur, intéreffait au premier abord tous
ceux qui ne jugeaient d'elle que par cet
extérieur aimable & impofant. Un des
amis du jeune homme , le rencontrant un
jour, le félicita avec enthoufiafme fur le
bonheur qu'il avait de poffléder une femme
qui joignait à la beauté la douceur du
caractère. Le mari, fans rien répondre,
fouille dans fa poche, en tire fa bourfe,
l'ouvre aux yeux de fon ami, qui, ébloui
de l'éclat de ce qu'il voyait , s'écrie:
« Que vous avez-là de beaux louis d'or !
» — Eh bien , reprit le mari, il en eft de
» ma femme , dont vous venez de me

» faire l'éloge, comme de ces louis:
» *Tout ce qui reluit n'eſt pas or.* Vous
» ne voyez que des jetons de cuivre doré:
» apprenez à ne plus juger ſur l'apparence ;
» ma femme eſt d'un caractère & d'une
» humeur inſoutenables ».

UN très-habile Prédicateur s'étant élevé
avec beaucoup de force contre les Spectacles, les Dames qui compoſaient ſon
Auditoire, parurent très-touchées de la
force de ſon éloquence. Le ſermon finit
ſur les cinq heures du ſoir. Toutes les
Dames, après avoir fait le plus grand
éloge & du Prédicateur & des belles choſes
qu'il avait débitées, montèrent en carroſſe
d'un air édifié ; & lorſque leur laquais
demanda, ſelon l'uſage, où il fallait les
conduire, la plupart répondirent, *à l'O-
péra.*

ON a vu dans cette Capitale un Procureur extrêmement galant, quoique ce
ne ſoit pas toujours le caractère diſtinc-
tif des gens de ſon état. Celui-ci par-
tageait

rageait tous ſes ſoins entre les travaux
de ſon étude & le plaiſir de voler de
conquête en conquête. Il n'avait pas
plutôt quitté ſon immenſe robe, qui lui
donnait malgré lui un air grave & empeſé,
qu'il ſe transformait en un charmant petit-
maître, autant toutefois qu'un Procureur
peut le devenir. Mais comme il était
doué d'une figure aſſez agréable, ſon étonnante métamorphoſe ſouffrait moins de
difficultés. Grace au penchant & à l'habitude, ſes yeux ne pouvaient tomber
ſur une jolie femme, ſans qu'il en devînt
auſſi-tôt éperdûment amoureux; & attendu qu'il avait plus recours aux pré-
ſens qu'aux ſoupirs, il trouvait peu de
cruelles. Mais à peine était-il parvenu à
ſe rendre heureux, que ſa tendreſſe chan-
geait d'objet; content de ſon triomphe,
il abandonnait celle à qui il en était redevable, & ne ſongeait qu'à ſéduire une
autre Beauté. Ainſi, jamais ſon cœur
n'était oiſif ni tranquile. Les hommes qui
lui reſſemblent ont beaucoup d'analogie
avec l'avare, ſans ceſſe amaſſant de l'argent, & ne ſe croyant jamais riche. Il
était juſte que l'humeur trop volage de
ce galant Procureur fût enfin ſévèrement

II. Part. F

punie ; & voici comment il reçut une
correction si méritée.

Après avoir eu des Demoiselles entre-
tenues & de bonnes Bourgeoises, il
daigna s'abaisser à la femme d'un Huis-
fier. C'était une brune très-éveillée, doucement tourmentée de dix-fept ou dix-
huit ans, dont l'œil vif, la gaîté folle,
les manières étourdies, auraient encou-
ragé l'amant le plus timide : jugez donc
si notre Procureur crut avoir lieu de
s'enhardir. Mais il voulut que la prudence
assurât davantage le succès de ses projets
amoureux. Le mari de la Belle exerçait
la profession d'Huissier, ainsi que je l'ai
déja dit ; & comme heureusement on ne
s'enrichit guères à ce métier-là, son père,
qui avait blanchi dans ce noble emploi,
ne lui avait laissé que le courage né-
cessaire pour s'y distinguer. Grippin (j'ap-
pellerai ainsi le Procureur) l'ayant pour
voisin, ne tarda pas à s'appercevoir &
du peu d'aisance dont il jouissait, & de
la jolie compagne qu'il avait le bonheur
de posséder. Il commença par lui faire
signifier toutes ses procédures, par le charger de tous ses exploits ; en sorte que
l'heureux Huissier se vit bientôt un peu

à son aise. Je pense qu'il est inutile d'observer que le tendre Grippin ne tarda pas
à s'introduire chez son protégé, & à devenir l'ami de la maison. Il saisit la première occasion qui se présenta, de découvrir ses sentimens à sa nouvelle maitresse ;
& je présume qu'il ne la trouva pas
long-tems cruelle. L'Amour qui fait quelquefois des miracles, jusqu'à attendrir
un Procureur, se plut à montrer que rien
ne lui était impossible ; il rendit constant
l'homme le plus volage ; Grippin, pour
la première fois de sa vie, continua d'i-
dolâtrer l'amante qui ne lui laissait rien à
desirer, & il abandonna au mari & à la
femme la jouissance d'une petite maison
de campagne, dont il s'était fait adjuger
le bail à vil prix ; c'était-là qu'il passait
des momens enchanteurs, sur-tout en
l'absence de l'Huissier.

Grippin se flattait de jouir d'un bonheur inaltérable ; mais celui de l'amour
ressemble aux autres félicités de la vie :
il est détruit lorsqu'on s'y attend le moins.
Un misérable Recors troubla cruellement
la bonne-fortune du riche Procureur, &
lui causa l'affront le plus sensible. Ce
digne suppôt des vils satellites qui arrê-

taient autrefois d'une manière outrageante
les malheureux Débiteurs , ce membre
honteux de l'horrible Chicane , était fuf-
ceptible d'éprouver les douces impreffions
de l'amour. Reçu Clerc de l'Huiffier ,
Adonis dans fa maifon , il ne put voir
avec indifférence la jolie femme près de
laquelle il fe trouvait chaque jour, &
bientôt il s'enhardit à lui déclarer fes feux
illicites. Un regard méprifant & une dé-
fenfe formelle d'ofer jamais recommencer
de pareils propos, fous peine d'être chaffé
à l'inftant , voilà tout ce que lui valut fa
témérité. Auffi furieux que défefpéré, d'un
fi mauvais fuccès, attendu que les femmes,
pour l'ordinaire, ne fe piquent pas toujours de fidélité envers leurs maris , le
Recors fe perfuada que la Dame avait
quelque liaifon fecrète, & fe promit de
s'en venger. Il obferva avec des yeux
jaloux toutes les actions de fa maitreffe,
& ne tarda pas à s'appercevoir de la pré-
férence qu'avait obtenue l'heureux Grippin. Après s'être affuré de la vérité de
fes triftes découvertes, après avoir connu
que les amans fe donnaient de fréquens
rendez-vous dans la petite maifon de
campagne , il réfolut de découvrir toute

l'intrigue au mari. Or, il faut savoir que
cet époux, dont la façon de penser n'était
pas commune, se serait cru déshonoré
s'il avait pu soupçonner que sa chère
moitié s'écartât des loix de l'honneur :
tant de délicatesse est fort étonnante de
nos jours ; mais sans doute que cet
Huissier ignorait ce qui se passe dans le
monde. Regardant comme le dernier des
outrages, une chose qui, selon plusieurs
personnes, n'est qu'une pure bagatelle,
notre Huissier forma le projet de surprendre
le couple amoureux, & de venger son
front sur le dos du Procureur, de manière à lui ôter l'envie de faire désormais des incursions sur les terres de l'Himen. Il feignit d'avoir un voyage à faire
de quelques jours, & courut se poster
dans la chambre d'un cabaret, dont les
fenêtres donnaient sur sa maison de campagne ; là il fit venir cinq ou six paysans
vigoureux, leur promit de les bien ré-
compenser, s'ils voulaient faire le guet la
nuit dans son jardin, armés d'un bon
bâton, & rosser d'importance, & mettre
ensuite entre les mains de la Justice un
voleur qui se proposait de lui enlever ce
qu'il avait de plus précieux. A l'entrée

F 3

de la nuit, il vit arriver fa femme accompagnée du tendre Grippin , & ne
put douter qu'on ne lui eut fait un rapport fidèle. Tandis que la perfide foupait
gaîment avec le Procureur, fon véritable
mari ouvrit doucement la porte du jardin , dont il avait une clef, & y plaça
fes gens , qui avaient à leur tête le Recors,
trop excité par l'amour & par la vengeance, pour ne pas être charmé de
jouer un rôle dans une pièce dont il
avait préparé le dénoûment. Vers les onze
heures, l'Huiffier s'apperçut qu'il n'y avait
plus de lumières chez lui; il en conclut
qu'il était tems de punir le couple
amoureux. Alors il courut à la porte de
devant, fe mit à frapper en maître, &
comme un homme qui allait la jeter à
bas, fi on ne lui ouvrait au plutôt. L'é-
poufe , effrayée du bruit qu'il fefait, &
du danger qui menaçait fon galant, n'eut
rien de plus preffé que de le faire évader
par la porte du jardin , dont elle lui
donna la clef. Un peu raffurée , elle
ouvrit à l'importun jaloux, qui, paraiffant très-fatigué, fe hâta de fe mettre au
lit, afin d'être moins foupçonné d'être
l'auteur du châtiment qui allait commen-

cer. Il ne tarda pas long-tems à jouir
du plaifir de la vengeance. Le pauvre
Grippin, qui croyait s'échapper, tomba
de Charibde en Sylla; il fut reconnu à
la blancheur de fa chemife, car il était
prefque nud; foudain le Clerc & les
payfans firent tomber fur lui une fi furieufe
grêle de coups de bâton, que, quelque
intérêt qu'il eût à garder l'*incognito*, il
ne put s'empêcher de crier de toutes
fes forces & d'appeller du fecours. A
ces cris redoublés, la femme de l'Huiffier, croyant qu'on égorgeait le malheureux Procureur, ne put s'empêcher
de réveiller fon mari, qui feignait de
dormir : — « Quoi ! lui dit-elle, vous
» dormez tranquilement, & l'on affaffine
» chez vous Monfieur Grippin. — Vous
» rêvez, fans doute, reprit l'époux en
» bâillant; mais ne troublez point da-
» vantage mon repos : la fatigue du voyage
» eft caufe que le fommeil m'accable ».
Cependant les cris & la baftonnade con-
tinuaient toujours; chaque coup dont on
régalait le Procureur, était autant de coup
de poignard qui perçait le cœur de fon
amante, d'ailleurs, nullement tranquile
fur fon propre compte. Elle preffe enfin

l'Huiffier de fe lever , & d'aller fauver
la vie à Monfieur Grippin, lui avouant
qu'elle eft fûre que c'eft lui-même. —
« Cela eft impoffible , infifte le mari
» enchanté ; cet eftimable Procureur eft
» trop honnête pour venir chez moi
» quand je n'y fuis point ». — Cependant il cède aux inftances de fa femme,
& va au jardin pour découvrir , dit-il,
la caufe de tout le bruit. Mais il n'y
rencontra perfonne ; les payfans, après
avoir prefque affommé Grippin, l'avaient
garroté & traîné à Paris chez un Com-
miffaire, comme s'il avait été un voleur.
L'Officier de Police, ne pouvant com-
prendre comment un Procureur fe trouvait en chemife à heure indue dans un
jardin, & ne fachant que penfer du
rapport de ceux qui l'avaient arrêté,
crut devoir le faire mettre en prifon.
Maître Grippin n'obtint fa liberté qu'au
bout de quelques jours : honteux de
fon aventure , il jura de renoncer aux
bonnes-fortunes ; & l'on prétend qu'il a
tenu parole.

Un Prince Allemand entretenait avec le plus grand faste une des plus jolies filles de cette Capitale, & se fefait une gloire de satisfaire tous les caprices de la Belle. La conversation étant un jour tombée sur les plaisirs que l'on goûte en Allemagne, le Prince vanta beaucoup celui des courses qu'on y fait en traîneau sur la neige. La jeune personne, enchantée de tout ce qu'elle lui entendait dire, témoigna quelque envie de prendre ce divertissement. Le Prince l'assura aussi-tôt, qu'il le lui procurerait dans quelques jours. Mais une telle promesse ne parut à la Demoiselle qu'un pur badinage, car on était alors dans la Canicule, & l'on ne voit point de neige à Paris dans cette saison. Cependant le Prince Allemand était bien décidé à tenir sa parole. Huit jours après l'avoir donnée, il mena sa maitresse avec plusieurs de ses amies, au village de Passi, où il avait loué une fort belle maison de campagne. —— Après une magnifique collation, il demanda à la jeune personne si elle desirait faire la course en traîneau, qu'il lui avait promise. Elle répondit en riant qu'elle le voulait bien ; alors il la conduifit , avec toute la compagnie, dans un jardin affez fpacieux, dont il avait fait fabler toutes les allées, d'environ un demi-pied de fucre blanc en poudre, fur lequel il fit, avec fa maitreffe & tous les conviés , la courfe dont elle lui avait témoigné vouloir prendre le plaifir.

Fin de la feconde Partie.

On trouve du même Auteur, chez la Veuve DUCHESNE, les Mille & une Folies, 4 vol. in-12, reliés 12 liv.

Livres nouveaux, ou nouvellement réimprimés, chez la Veuve DUCHESNE, Libraire, rue Saint-Jacques, à Paris.

liv. ſſ

LES Contemporaines, ou Aventures des plus jolies Femmes de l'âge préſent, 8 vol. ornés de 56 jolies gravures, broché . . . 18

Les tomes 9, 10, 11, 12, paraîtront en Janvier ;

Ils ſeront ornés du même nombre de gravures, ainſi que les tomes 13, 14, 15, 16 & dernier qui paroîtront en Mars 1781. Il y aura en tout dans cet Ouvrage 108 figures très-ſoignées.

La Malédiction paternelle, Lettres ſinceres & véritables, 3 vol. fig. 6

Œuvres poſthumes de M. l'Abbé de Lattaignant, 1 vol. 3

Poéſies de M. le Chevalier de Parny, ſeconde Edition, *in-8°.* 3

Lettres choiſies de M. de Voiture, 1 vol. . 2 10

Le petit Chanſonnier françois, ou Choix des meilleures Chanſons ſur des airs connus, 2 vol. petit *in-8°.* très-jolie Edition, broch. . 6

Le même, relié en écaille, 3 filets. . . 8

On vend les tomes premier & ſecond ſéparément, brochés & reliés.

Nouvelles Obſervations ſur l'Angleterre, par M. l'Abbé Coyer, broch. 2 10

Le Militaire Chrétien, ou Extrait des Sermons de M. l'Abbé de Maugre. 1 16

Guide (le) de Flandres & de Hollande, avec la Carte, relié. 1 8

Manuel de l'Etranger qui voyage en Italie, avec 8 Cartes itinéraires. 3

Fables de la Fontaine, miſes en Chanſons par M. Nau, 1 vol. rel. doré ſur tr. . . 2 8

Pieces échappées aux ſcize premiers Almanachs des Muſes, 1 vol. 1 16

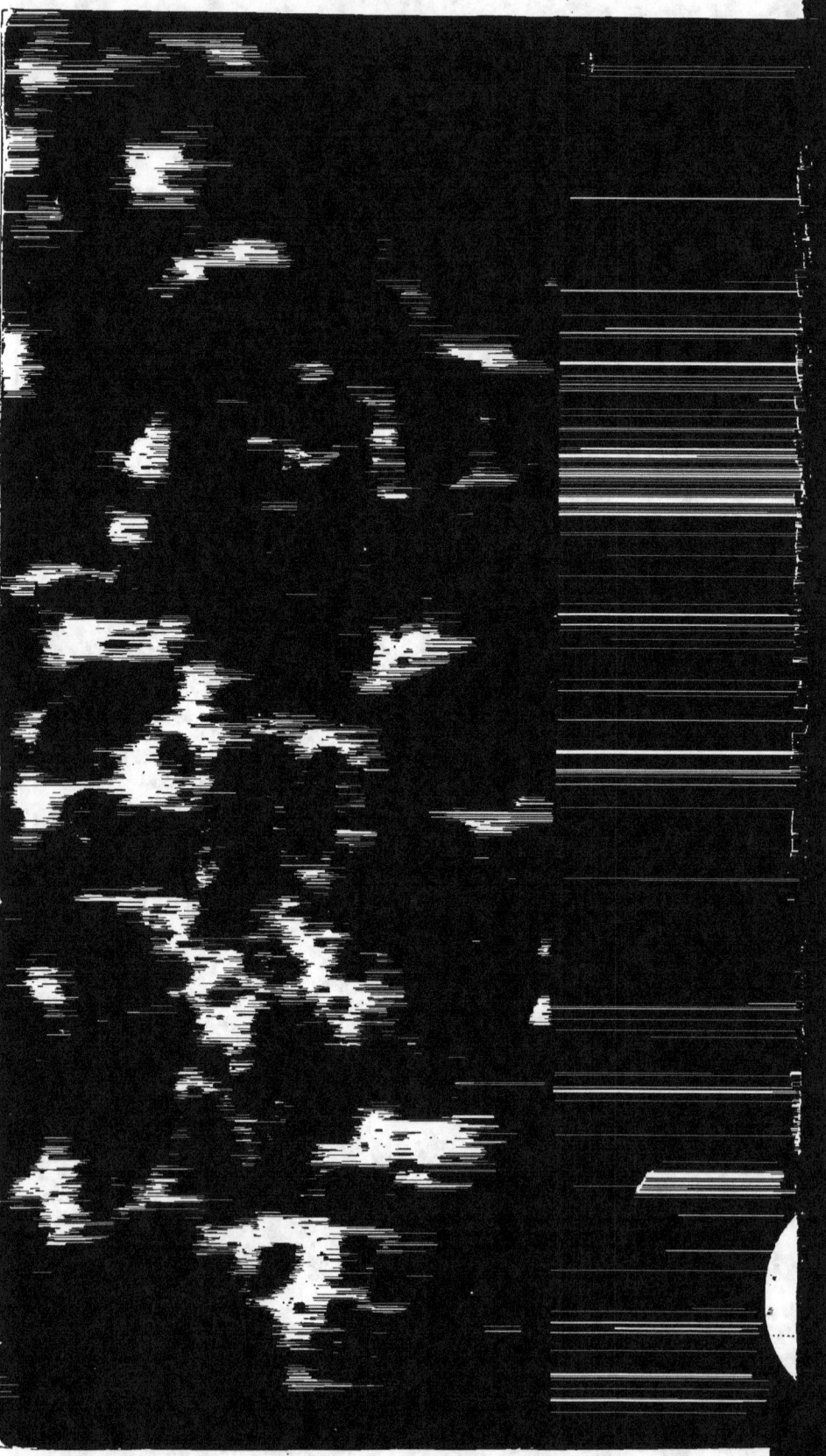

www.ingramcontent.com/pod-product-compliance
Lightning Source LLC
Chambersburg PA
CBHW051548280626
47162CB00021B/1635